AF303929

Dolores Mey lebt in Hessen. Gemeinsam mit ihrem Mann schreibt sie Geschichten, die das Leben hätte schreiben kön-nen. Heiter, spannend und immer auch romantisch.

Dolores Mey

Mitten ins Winterherz

Vorwort

Liebe Leserinnen und Leser,
wir alle freuen uns doch auf eine besinnliche Weihnachtzeit. Oder etwa nicht?
Naja, vielleicht nicht unbedingt jeder.
Auf der Suche nach einer winterlichen Geschichte, haben mich besonders die Menschen inspiriert, die das Fest der Liebe eher fürchten. Meist sind herbe Schicksalsschläge der Grund dafür, dass man so empfindet. Genauso wie die Furcht vor Einsamkeit. Das Gefühl, geliebt zu werden, geborgen und voller Zuversicht zu sein, lässt sich nun mal nicht in Geschenkpapier wickeln und kaufen kann man es erst recht nicht.
Die Geschichte »Mitten ins Winterherz« erzählt von zwei jungen Leuten, die genau danach auf der Suche sind. Aber Weihnachten wäre nicht Weihnachten, wenn es nicht auch immer kleinere und größere Überraschungen für uns vorbereitet hätte. Manchmal sogar wundersame Begegnungen, aber immer die Botschaft, wie wichtig die Liebe ist.
Die reizende Isabella, die kurz vor dem Durchbruch ihrer sportlichen Karriere steht und ihr sehr behütetes und noch junges Leben nahezu ausschließlich damit verbracht hat, ihre ehrgeizigen Ziele zu verfolgen, kennt nichts außer Training und Pflicht. Nach einem schweren Sturz, der all ihr Träume über Nacht zerplatzen lässt, steht sie buchstäblich vor dem Nichts und

muss sich von einer Sekunde auf die andere im wahren Leben zurechtfinden, das beruflich wie privat große Herausforderungen für sie parat hält.

Auch Konstantin hat den Eindruck, als würde ihm das Leben den Boden, auf dem er bislang so sicher gestanden hatte, unter den Füßen wegziehen. Seine Familie besteht nur noch aus ihm und seinem Vater, der nach dem viel zu frühen Tod seiner Frau selbst gerade erst wieder aufzuleben beginnt. Das Gefühl der Lebenskrise verstärkt sich für Konstantin damit noch, zumal auch er im vergangenen Jahr das Aus seiner langjährigen Beziehung erleben musste. Er sehnt sich nach einer Beziehung, tut sich aber schwer, die Richtige zu finden, obwohl er ein Mann ist, der bei den Frauen gut ankommt.

Beide – Isabella und Konstantin – sehen der Weihnachtszeit mit Skepsis entgegen. Ist es vielleicht Ironie des Schicksals, dass die beiden sich ausgerechnet auf dem Weihnachtsmarkt begegnen? Oder ist es möglicherweise doch ein kleines Wunder?

„Mitten ins Winterherz" ist eine Geschichte, die dazu ermuntert, kleinere und größere Wunder im Alltag zu erkennen. Das kleine Glück – wenn man netten und freundlichen Menschen begegnet, günstige Umstände erlebt, Antworten auf drängende Fragen bekommt oder Vorhaben einfach nur gelingen.

Für mich ist es eine Freude, dass der Verlag sich zu einer dritten Auflage entschieden hat. Das ist mein kleines Wunder. In diesem Sinne wünsche ich Ihnen eine entspannte Lesezeit.

Herzlichst Ihre
Dolores Mey

Prolog

19. Januar, Ski-Ausscheidungsrennen,
Abfahrt der Damen
Cortina d'Ampezzo, Italien
Strahlender Sonnenschein, minus sechs Grad

Hochkonzentriert und völlig in ihrer eigenen Welt versunken, blendete Isabella hoch oben auf dem Berg den Trubel um sich herum aus. Für sie zählte nur noch dieses Abfahrtsrennen. Es sollte die Eintrittskarte für den Weltcup werden, an dem nur die Weltspitze teilnehmen durfte. Ein Ziel, auf das sie seit Jahren hintrainierte. Durch hervorragende Leistungen hatte sie die Nominierung vom Verband dafür bereits bekommen, doch ein Platz unter den ersten Dreien würde ihr auch noch die nötige Punktzahl einbringen, um ganz sicher daran teilnehmen zu können. Nur nominiert zu sein, war noch lange keine Garantie für die tatsächliche Teilnahme.

Unten im Tal drängelten sich Massen von Touristen und Besuchern aus aller Welt, die dem Spektakel beiwohnen wollten, was sich unschwer an den mitgebrachten Papierfähnchen erkennen ließ. Sämtliche Hotels waren bis auf das letzte Bett ausgebucht und selbst die einfachsten Pensionen hatten keine Zimmer mehr frei.

Unbeeindruckt von dem atemberaubenden Panorama der Dolomiten ging Isabella in Gedanken Abschnitt für Abschnitt der Abfahrtsstrecke durch. Dabei wusste sie genau, wo sich die gefährlichen Stellen befanden und stellte sich mental darauf ein. Auch wenn sie die Strecke wie ihre Westentasche kannte, hatte sie doch einen Höllenrespekt vor nicht vorhersehbaren Tücken, die selbst den erfahrensten Skiläufer aus der Bahn werfen konnten.

Nach dem Testlauf am vergangenen Tag lag sie ganz vorn und galt nun als Mitfavoritin auf das Siegertreppchen, was bedeutete, dass sie zukünftig auch an Skirennen in den USA und Kanada teilnehmen würde.

Isabella seufzte. So sehr sie auch versuchte, sich davon nicht unter Druck setzen zu lassen, es wollte ihr nicht gelingen. Jedenfalls nicht ganz. Lieber Himmel, sie war so kurz davor, in die Weltspitze aufzusteigen. Alles das, wovon sie seit Jahren träumte, war nun zum Greifen nahe. Und ein Sieg auf ihrer Heimstrecke sollte das nun besiegeln.

Das Signal zum Start ihrer Vorgängerin ertönte. Isabella begab sich in Position. Sie klappte das Visier des Helms nach unten, sendete ein Stoßgebet in den Himmel und wartete auf den nächsten Signalton.

Und dann ging's los. Zwei kurze und ein langer Piepton ertönten. Adrenalin schoss durch ihren Körper. Den wohlgemeinten Klaps ihres Trainers bemerkte sie kaum, auch nicht, dass er *toi, toi, toi, jetzt gilt's Isa!* rief.

Die Schranke öffnete sich und Isabella rammte die Stöcke in den gefrorenen Boden. Mit aller Kraft stieß sie sich ab. Äußerste Konzentration war geboten, denn der erste Abschnitt war zur linken Seite hin leicht abschüssig. Die Gefahr lag darin, dass mit vereisten Stellen gerechnet werden musste. Nach zweitägigem Tauwetter hatte es in der vergangenen Nacht einen Kälteeinbruch gegeben.

Isabella verdrängte die Furcht und startete souverän. Mit Bravour nahm sie die scharfen Kurven und verlor nicht eine Hundertstelsekunde, als es für wenige Meter wieder leicht bergauf ging. Zielstrebig schoss sie an beeindruckenden Felsen vorbei und durchquerte die berühmte Tofana-Schuss-Etappe. Dabei verlor sie jegliches Gefühl für Zeit und Raum. Mit einer Geschwindigkeit von teilweise über 130 Stundenkilometern bretterte sie den Berg hinunter. Sie fuhr volles Risiko und schreckte vor keiner Bodenwelle zurück.

Der nächste Abschnitt begann mit einem kleinen Hügel, weshalb sie automatisch zum Sprung ansetzte. Wieder einer über dreißig Meter. Das Ziel zeigte sich in greifbarer Nähe, als es plötzlich passierte.

Der linke Ski kam auf einer vereisten Stelle auf und verkantete. Von da an ging alles rasend schnell. Isabella verlor die Kontrolle, konnte sich nicht mehr fangen und überschlug sich mehrere Male auf dem tiefgefrorenen, betonharten Abhang, bevor sie reglos im Fangnetz am Pistenrand liegen blieb.

Das Erste, was Isabella bewusst wahrnahm, war gleißendes Neonlicht über sich. Dazu ein tickendes Geräusch und ein sich ständig wiederholendes leises Piepen, mit dem sie nichts anzufangen wusste. Warum fühlte sich ihr Körper nur so unendlich schwer und unbeweglich an? Wo war sie? Sie schloss die Augen, weil ihr ein schmerzhafter Stich durch den Kopf ging.

„Isa, mein Schatz", hörte sie ihre Mutter flüstern, die sich zu ihr hinunterbeugte, „Kind, Gott sei Dank."

„Mein Kopf“, stöhnte Isabella und bedeckte ihre Augen mit der Hand. Sie blinzelte, zog sie wieder fort und erkannte das besorgte Gesicht ihres Vaters, hinter dem auch ihre Schwester Constanze auftauchte.

„Was ist los?“, krächzte sie, „Warum seid ihr hier?“

„Ach, mein liebes Kind“, schluchzte ihre Mutter, „wir sind so froh, dass du wieder bei uns bist.“

In den ersten Tagen nach dem Aufwachen aus dem dreitägigen Koma schlief Isabella viel. Sie verspürte keine Schmerzen, fühlte sich nur unendlich müde und schwer, regelrecht apathisch. In den kurzen Momenten, in denen sie aufwachte, saß immer ein Familienmitglied an ihrem Bett. Dabei wusste sie nicht, ob es Tag oder Nacht war. Nur allmählich drang ihr ins Bewusstsein, welche Umstände sie auf die Intensivstation befördert hatten. Ihre Erinnerung endete jedoch in dem Moment, als sie die Kontrolle über ihre Skier verloren hatte. Und eigentlich fühlte es sich an, als wäre es eine andere Person gewesen, der das passiert war. Mit jedem weiteren Tag, an dem die Ärzte die sedierenden Mittel reduzierten, tauchten Fragen in Isabellas Hinterkopf auf. Unangenehme Fragen, auf die sie keine konkrete Antwort bekam.

Wenn sie an sich heruntersah, ahnte sie nichts Gutes. Nicht nur, dass ihr Kopf in einem turbanähnlichen Verband steckte, auch das linke Bein war bis zur Hüfte bandagiert. Außerdem trug sie ein festes Korsett um ihre Rippen. Und auch der rechte Unterschenkel war mit Bandagen umwickelt.

Was hatte das zu bedeuten?

Mit dem Wechsel in ein normales Krankenzimmer bekam sie die schockierende Diagnose.

„Es tut mir sehr leid, Frau Hofer", hörte sie den Chefarzt sagen, „dass ich Ihnen keine bessere Botschaft überbringen kann, aber die Verletzungen, die Sie bei dem Sturz erlitten haben, sind so gewaltig, dass eine Fortsetzung Ihrer Karriere unter professionellen Bedingungen als Abfahrtsläuferin ausgeschlossen ist."

„Aber ...", Isabella schossen die Tränen in die Augen, „das kann doch alles wieder heilen ... wenn nicht gleich, dann doch ..." Das bedauernde Kopfschütteln des Arztes ließ sie verstummen.

„Leider nein. Hören Sie, ich verstehe, dass das jetzt sehr hart für Sie ist, aber es ist nicht nur der Kreuzbandriss im linken Knie, der Ihnen immer wieder Probleme bereiten wird, sondern auch mehrere Meniskusrisse, die die Stabilität ihres Knies auf Dauer beeinträchtigen können. Abgesehen davon haben Sie sich zwei Rippen gebrochen und eine schwere Gehirnerschütterung davongetragen."

Isabellas Mutter stellte sich neben den Chefarzt, ergriff ihre Hand und streichelte sie mitfühlend, ohne ein Wort zu sagen.

Anschließend weinte Isabella heiße Tränen der Enttäuschung. Sie haderte mit sich, dem Leben und Gott weiß, mit was noch alles. Sie schwor sich, bessere, kompetentere Ärzte aufzusuchen, damit die ihr eine andere, eine günstigere Diagnose stellen konnten.

Heidi, Isabellas Mutter, ertrug Tag für Tag geduldig die Gefühlsausbrüche ihrer Tochter und beklagte sich nicht. Nur wenn die Sprache auf Georg kam, Isabellas Freund, der sich noch nicht eine Sekunde an ihrem Bett eingefunden hatte, bekam Heidi einen harten Zug um den Mund.

Georg war ebenfalls ein großes Skiabfahrtstalent Südtirols. Seit gut einem Jahr waren sie ein Paar und verbrachten jede Minute ihrer wenigen Freizeit zusammen.

Nach vierzehn Tagen Krankenhausaufenthalt stand Georg dann endlich an Isabellas Bett. Sie war allein im Zimmer, weil ihre Mutter bereits gegangen war.

„Hi", begrüßte er sie und küsste sie flüchtig auf die Wange.

„Ich hab' so sehr auf dich gewartet. Du hast doch bestimmt gehört …", wimmert sie und wollte ihn am Arm zu sich ziehen, doch er entzog sich ihr, wobei er sie nicht ansehen konnte.

„Ja, habe ich", druckste er herum, „es tut mir sehr leid für dich." Wieder vermied er es, sie anzusehen.

Glücklicherweise hatte man ihr den Verband um den Kopf inzwischen abgenommen. Dennoch war sie kein hinreißender Anblick, dessen war sie sich bewusst.

„Schön, dass du da bist." Sie schluckte die Enttäuschung und die Frage, warum er sie erst jetzt besuchte, hinunter.

„Die Jacke kannst du dort drüben aufhängen. Setz dich doch." Sie deutete auf den Stuhl neben dem Bett.

„Nee, lass mal. Viel Zeit habe ich nicht. Aber ich wollte wenigstens mal bei dir vorbeikommen."

Ein kalter Schauer überzog Isabella von den Zehen bis zu den Haarspitzen, als sie spürte, wie unnahbar er ihr gegenüber plötzlich war.

„Was ist mit dir?" Panik lag in ihrer Stimme.

„Nichts. Was soll schon sein? Ich hatte einfach noch keine Zeit, herzukommen." Er kratzte sich am Hinterkopf. „Das wird sich auch zukünftig nicht ändern, du weißt ja selbst, wie das ist.“

„Aber ...“, setzte sie an und verstummte gleich wieder, als sie die Kälte in seinen Augen bemerkte.

„Hör zu. Ich habe über uns nachgedacht und möchte dir da nichts vormachen. Das fände ich nicht fair“, begann er und man sah ihm an, wie unangenehm ihm die Situation war. „Isa, ich mag dich sehr, aber du weißt auch, welche Ziele ich habe. Ich brauche jetzt Leute um mich herum, die mich motivieren und aufbauen. Das wird dir unter den gegebenen Umständen schwerfallen, das verstehe ich ... äh, ich weiß, es klingt hart und es tut mir auch leid, aber ...“, er zögerte einen Moment und sah zum Fenster heraus, als er den Satz zu Ende sprach, „... ich kann jetzt nur eine Frau an meiner Seite gebrauchen, die voll belastbar ist.“

Er machte sich nicht einmal mehr die Mühe, ihr noch die Hand zum Abschied zu geben, sondern verließ den Raum, indem er ihr über die Schulter zurief: „Ich wünsch dir alles Gute. Lebwohl.“

Die Tür fiel mit einem lauten Knall hinter ihm ins Schloss.

Eins

Zehn Monate später ...

„Was wollte denn unser Personalchef von dir?" Felix sah seinen Kollegen verwundert an und legte den Bericht zur Seite, den er gerade erst zur Hand genommen hatte. „Das hab' ich ja noch nie erlebt, dass der schon vor dem Frühstück Personalgespräche führt. Was gab's denn so Wichtiges, was nicht bis nach neun hat warten können?"

„Frag besser nicht. Das glaubst du mir sowieso nicht." Konstantin verzog mürrisch das Gesicht und warf eine reichlich abgegriffen aussehende schwarze Mappe aus Lederimitat auf den Schreibtisch, als wäre sie stinkender Müll. Mit einem Seufzer ließ er sich in den Bürostuhl fallen und drückte den On-Knopf am Rechner.

„Hast du so was schon mal gesehen?" Er nahm die Mappe erneut zur Hand, hielt sie kurz hoch und zog dann den Reißverschluss, der die speckige, eiförmig ausgebeulte Kunsthülle ringsherum verschloss, auf. Noch bevor das Ungetüm offen wie ein Buch vor ihm auf dem Tisch lag, fielen handschriftlich beschriebene Papierschnipsel und loses Bonbonpapier heraus.

„Ach du liebes bisschen. Jetzt machst du mich aber neugierig." Felix stellte sich abwartend neben ihn und starrte auf den Wust vollgekritzelter Zettel, Werbeflyer und Visitenkarten, die zum Vorschein kamen.

„Wenn du mal einen Blick auf den Kalender und dazu noch einen auf das Ungetüm hier wirfst, hast du schon einen Teil der Antwort", brummte Konstantin. „Na, was fällt dir auf?"

Felix runzelte die Stirn und starrte abwechselnd an die Wand, wo der Dreimonatskalender hing und dann wieder auf die Mappe.

„Heute ist der 26. November – ja, na und?" Er sah Konstantin verständnislos an. Doch dann schlug er sich mit der flachen Hand auf die Stirn. „Nee ... das gibt's doch jetzt nicht! Was hast du denn mit der Mappe vom alten Schmitz zu schaffen? Verdammt, das schwarze Ding kam mir doch gleich so bekannt vor."

„Bingo", knurrte Konstantin. „Ab heute ist der Weihnachtsmarkt geöffnet und der Kollege Schmitz liegt im Krankenhaus. Akute Diabetes. Sieht gar nicht gut aus."

„Ja, das kann ich mir vorstellen. Der Dicke hat den Job als Marktwächter geliebt, weil er sich von morgens bis abends überall durchfres... äh sorry, aber dass der jetzt mit hohen Zuckerwerten im Krankenhaus liegt, wundert mich nicht, nur ..." Felix schüttelte entgeistert den Kopf. „Was will denn der Jandrey dann mit uns, vielmehr mit dir? Wir gehören zum Bauamt und betreuen nicht den Weihnachtsmarkt."

„Nützt aber nix. Er hat alle Abteilungen durchgeforstet und *ich* bin als einzige Alternative übrig geblieben. Was glaubst du, was ich mir gerade angehört habe? Keine Leute, zu hoher Krankenstand, Überalterung und und und ...außerdem wäre ich als Letzter in die Abteilung gekommen und ich hätte ja wohl noch vor, Karriere zu machen." Er verdrehte die Augen. „Noch Fragen? Ach ja und wenn ich den Job von Schmitz übernehme, hat er gesagt, dann würde er mir das *nie* vergessen. Sowas käme in einer Personalakte immer gut." Konstantin fuhr sich mit den Fingern durch das volle, mittelblonde Haar. „Hätte ich da nein sagen sollen?"

„Nee, natürlich nicht", räumte Felix kleinlaut ein. „Da wärst du ja verrückt."

„Genau."

„Und wer macht jetzt deine Arbeit?"

„Dreimal darfst du raten." Konstantin sah ihn unmissverständlich an.

„Ich!?"

„Wer denn sonst? Siehst du hier noch jemanden? Die anderen Abteilungen haben genug mit sich selbst zu tun."

„Oh nein, das darf doch nicht wahr sein! Ausgerechnet jetzt, wo Laura so kurz vor der Entbindung steht und ich mich mehr als sonst um Yannik kümmern muss. Wir haben nun mal keine Großeltern vor Ort, die einspringen können."

„Tut mir leid", nickte Konstantin. „Du weißt, wenn ich kann, nehme ich dir alles ab, was geht, aber dass ich jetzt so einen Einsatz kriege, damit hätte ich auch nicht gerechnet. Was denkst du denn?"

Er stand auf und lief unruhig im Büro auf und ab. „Natürlich bin ich zwischendrin auch mal hier", redete er weiter, „aber das nützt dir nichts. Mehr als das Nötigste werde ich kaum schaffen. Bis Ende Dezember ist es mein Job, mindestens zweimal täglich auf dem Weihnachtsmarkt Streife zu laufen. Und das kann dauern, hat mir Jandrey gesagt. Mit nur drüber laufen wäre es nicht getan. Ich sollte das nicht unterschätzen. Ein Spaziergang würde es nicht, meinte er auch noch."

Am Nachmittag, nachdem Konstantin offene und unerledigte Arbeiten entweder abgeschlossen oder delegiert hatte, marschierte er los, um seinen neuen Arbeitsplatz, den Weihnachtsmarkt, zu erkunden. Ausgerüstet mit einem Lageplan für Standplätze und Inhaber und einigen wertvollen Hinweisen, die ihm Jandrey mit an die Hand gegeben hatte, war er auf dem Weg zu einem der alteingesessenen Händler, der sich außerdem Vorsitzender des städtischen Gewerbevereins nennen durfte. Von ihm erhoffte sich Konstantin eine Menge Insiderwissen, das man in keiner Arbeitsanweisung finden konnte. Trotzdem, sehr behaglich fühlte er sich als *Marktpolizei* nicht. Wozu brauchte man den Quatsch überhaupt? Was sollte denn schon passieren, wenn man es mit mündigen, erwachsenen Leuten zu tun hatte, die dazu noch selbstständige Kaufleute waren? Die meisten jedenfalls.

Erwartungsgemäß hielt sich die Besucherzahl am ersten Tag in Grenzen. Es war mild und sonnig und nur wenige Leute schlenderten schaulustig an den Ständen vorbei. Die meisten, um sich etwas zu Essen zu besorgen.

Ihm stieg ein unwiderstehlicher Duft von gebrannten Mandeln in die Nase, während aus den Boxen eines Kinderkarussells *Süßer die Glocken nie klingen* dudelte, doch erst die typischen Gerüche von Zimt, Lebkuchen und Glühwein, die schwer in der Luft lagen, ließen in ihm einen Hauch von vorweihnachtlicher Atmosphäre aufkommen. Angesichts der eher frühlingshaften Temperaturen empfand er die komplette Kulisse ziemlich befremdlich. Er mochte Weihnachten, keine Frage, aber nicht in diesem Jahr. Das Wort

„Familie" schien für Konstantin, wenn es um seine eigene ging, so auch nicht mehr passend zu sein. Zu seiner zählte nur noch sein Vater, alle anderen waren tot. Und der hatte bereits angekündigt, dass er die Feiertage mit seiner neuen Lebensgefährtin verbringen wollte. Konstantin verstand das und war sogar froh darüber, denn es bedeutete, dass sein Vater nach dem viel zu frühen Tod seiner Mutter endlich wieder zu leben begann. Doch das hieß auch, dass er die Feiertage allein verbringen musste. Eine Alternative gab es nicht. Die Beziehung zu Lisa, seiner Jugendliebe seit der zehnten Klasse, war im vergangenen Sommer auseinandergegangen. Einvernehmlich und nach mehreren missglückten Wiederbelebungsversuchen auch endgültig. Ausgeliebt eben. Noch immer verband ihn mit Lisa echte Freundschaft. Platonisch, so als seien sie Geschwister. Das fühlte sich richtig und gut an, änderte aber nichts an den Tatsachen. An ihrer Seite gab es inzwischen einen neuen Mann. Und das war die schmerzende Stelle in der Idylle. Lisas Eroberung wollte so gar nicht an platonische Freundschaften zwischen Männern und Frauen glauben, weshalb sich Konstantin freiwillig zurückgezogen hatte. Demzufolge war auch dieser, in den vergangenen Jahren so vertraut gewordene Familienersatz zu Weihnachten keine Option mehr für ihn.

In derlei Gedanken versunken, lief Konstantin zwischen den Verkaufsständen hindurch, bis er von unüberhörbarem Geschrei aufgeschreckt wurde.

„Es ist doch immer dasselbe", wetterte ein korpulenter Mann mittleren Alters aufgebracht, „die Ausländer kommen hierher und dürfen alles, während wir für jeden Nasenpopel eine Genehmigung vorlegen müssen!“

Provokant baute er sich vor einer – wow – bildhübschen, dunkelhaarigen jungen Frau im Dirndl auf, die angesichts der Vorwürfe wie erstarrt dastand. Ihr Verkaufsstand gleich nebenan war anscheinend der Grund für den Unmut des Rüpels. Interessiert las Konstantin das Schild, das über dem geschmackvoll gestalteten Stand im alpenländischen Stil angebracht war: *Spezialitäten aus Südtirol.* In dem halb offenen Verkaufsstand entdeckte er eine weitere Frau, in etwa genauso alt wie die Dunkelhaarige, jedoch mit blonden Haaren. Logisch, da passten auch die Dirndl dazu, die die beiden trugen. Und jetzt verstand er auch die Sache mit den Ausländern.

Eine Frau, die nebenan hinter einer Auslage von einfallslos aufgereihten Messern, Scheren und anderen Kleinstküchenhelfern, ihren riesigen Busen auf den Tresen drückte und das Geschehen ringsherum mit Argusaugen beobachtete, nickte zu den Worten des Mannes heftig mit dem Kopf und schien die Angetraute des Schreihalses zu sein. *Rein optisch passt die auf jeden Fall perfekt dazu*, ging es Konstantin durch den Kopf. Komisch, sollten die Aussteller nicht auf ein ansprechendes Äußeres achten? Das galt für die Darbietung der Waren genauso wie für das eigene Auftreten. So jedenfalls stand es in den Statuten für die Marktbetreiber.

„Was denken Sie eigentlich, wo wir hier sind?“, brüllte der Kerl weiter, worauf die junge Frau empört nach Luft schnappte. Doch zu Wort kam sie nicht. „Wollen Sie mit ungeprüften Elektrogeräten den ganzen Markt abfackeln … ich glaube, es geht los! Das können Sie da machen, wo Sie herkommen, aber nicht hier." Bei diesen Worten beugte er sich bedrohlich nach vorn, weshalb die attraktive Dunkelhaarige erschrocken einen Schritt zurückwich.

„Wer soll mir denn am Ende den Schaden bezahlen? Hä? Sie vielleicht?"

„Jetzt ist es aber genug!", rief die dunkelhaarige Schönheit und funkelte ihren Widersacher böse an. „Hören Sie endlich auf, mich so anzuschreien. Was haben Sie denn für ein unmögliches Benehmen?"

„Kommen Sie mir nur nicht so", wiegelte der Mann den Vorwurf mit einer wegwerfenden Handbewegung ab. „Sie wollen doch nur ablenken …"

Konstantin erkannte, dass er nicht umhinkam, einzuschreiten und beschleunigte seine Schritte. Während er versuchte, sich den Lageplan vor seinem inneren Auge aufzurufen, wappnete er sich, um dem Schreihals Paroli bieten zu können. Scheibenkleister. Wo befand er sich hier nur? Dann erinnerte er sich: Er stand in der Gasse, in der hauptsächlich Küchengeräte, Kerzen, Textilien und verpackte Lebensmittel angeboten wurden.

Entschlossen ging er auf das Grüppchen zu, zu dem sich nun noch weitere der umliegenden Standbetreiber gesellt hatten.

Erleichtert entdeckte er am anderen Ende der Gasse zwei Polizisten, was ihn ungeheuer beruhigte. Die Gesetzeshüter beobachteten das Geschehen ebenfalls, ohne jedoch einzuschreiten. Ansonsten waren nur wenige Besucher in dem Marktabschnitt unterwegs, doch die drehten sich angesichts des Geschreis jetzt auch neugierig um.

Oje, Konstantin bekam eine Ahnung, was Jandrey mit, *den Markt zu bewachen, wird kein Spaziergang, das werden Sie sehen,* gemeint hatte.

„Guten Tag, die Herrschaften", trat er in die Mitte und stoppte damit die lautstarke Tirade des Mannes. „Mein Name ist Konstantin Niendorf. Wie ich höre, gibt es Unstimmigkeiten. Vielleicht kann ich behilflich sein? Ab heute bin ich Ihr Ansprechpartner, wenn es Probleme gibt …"

„Wer sind Sie?" Der ungehobelte Klotz musterte ihn argwöhnisch von oben bis unten, als wäre er ein lästiges Insekt. „Wem wollen Sie denn den Blödsinn erzählen? Wenn hier einer für uns zuständig ist, dann ist das der Schmitz, den kennt doch hier jeder und nur mit ihm werde ich verhandeln und mit sonst keinem." Er warf einen Blick auf seine Armbanduhr und sah sich dann kopfschüttelnd um. „Äh, wo ist der überhaupt? Hat den schon jemand gesehen?"

Die umstehenden Händler hoben ratlos die Schultern und schüttelten die Köpfe.

„Der Schmitz und ich haben nämlich mal drei Takte miteinander zu reden … mich hier so abzuschieben … in die hinterletzte Ecke. Das ist ja wohl eine Unverschämtheit", posaunte er weiter. „Das lass ich mir nicht gefallen! Ich will meinen Stammplatz am Königsplatz wiederhaben!" Er stach mit dem Zeigefinger in Konstantins Richtung und versah ihn mit einem grimmigen Blick. „Und das, mein Freund … das können Sie sich mal gleich hinter die Löffel schreiben, wenn Sie hier wirklich was zu sagen haben! Nur damit Sie schon mal Bescheid wissen …"

Konstantin wurde es zu bunt. Es reichte ihm, dass ihn alle wie die neueste Zirkusattraktion anstarrten. Er war noch nie ein Mensch gewesen, der unbedingt in die erste Reihe musste. Dazu kam die Unsicherheit, dass er sich mit der neuen Aufgabe überhaupt noch nicht hatte vertraut machen können und auch die Tatsache, dass er sich vor zwei Frauen profilieren musste, die ganz klar in sein Beuteschema passten.

Ein halbes Jahr Singledasein reichte ihm. Mit jedem neuen Tag sehnte er sich mehr nach einer festen Beziehung. Er hatte es satt, allein zu sein, doch so einfach, wie er anfangs dachte, war es nicht, eine passende Partnerin zu finden. Und nun standen gleich zwei wirklich passable Möglichkeiten vor ihm und er musste sich mit so einem Mist herumschlagen. Energisch hob er deshalb die Hand und gebot dem Grobian Einhalt. Forsch zog er den Dienstausweis hervor.

„Hier! Wie Sie sehen, bin ich ein Mitarbeiter der Stadt Kassel. Ich hoffe, das genügt Ihnen fürs Erste."

Jetzt galt es, sich Respekt zu verschaffen. Ein Blick in die Runde zeigte, dass sich die Zuhörerschaft aufgrund der unüberhörbaren Diskussion weiter vergrößert hatte.

„Und jetzt noch mal für alle!" Konstantin machte eine bedeutungsvolle Pause. „Herr Schmitz fällt krankheitsbedingt für mehrere Wochen aus. Es ist sehr unwahrscheinlich, dass er bis zum Ende der Saison wieder gesund ist. Ob es Ihnen nun passt oder nicht", wandte er sich direkt dem Unruhestifter zu, „bis auf Weiteres bin ich Ihr Ansprechpartner."

Erneut ging ein Murmeln durch die Runde und Konstantin stellte mit Genugtuung fest, wie sich die Stimmung zu seinen Gunsten änderte.

Nachdem die umstehenden Betreiber ihn begrüßt hatten, kümmerten sie sich wieder um ihre eigenen Geschäfte. Nur der Aufrührer blieb beharrlich an seiner Seite. Konstantin ignorierte das und wandte sich unmissverständlich der hübschen Dunkelhaarigen zu, die – wie er erfreut registrierte – von der blonden Dirndlträgerin Verstärkung bekam. Aufmunternd sah er die beiden an.

Mein Gott, was für wunderschöne große, braune Augen, passend zum Haar und dieser volle, sinnliche Mund, der das ebenmäßige, schmale Gesicht besonders zur Geltung brachte.

Reiß dich zusammen! Du bist im Dienst, rief er sich selbst zur Räson, zog eilig Block und Stift hervor und versuchte, geschäftsmäßig zu klingen.

„Vielleicht sagen Sie zur Abwechslung mal etwas zu der Situation.“

Schnell senkte er wieder den Blick, um seine Bewunderung zu verbergen. „Ach ja, bevor Sie mir Ihre Sichtweise schildern, bräuchte ich zuerst Ihre Personalien.“

„Mein Name ist Isabella Hofer“, erklärte sie mit warmer Stimme und unverkennbarem alpenländischem Akzent. Sie nannte ihm eine Adresse, die er unverzüglich notierte.

„Tja“, sie deutete auf Krüger, „wenn Sie mich nach der Aufregung des Herrn hier fragen, so kann ich nur mutmaßen, warum er so wütend ist.“

„Jetzt lassen Sie mich mal reden", fuhr der Rüpel erneut dazwischen, „ich sage Ihnen dann schon, was los ist. Es ist nämlich so ..."

Entnervt drehte sich Isabella um und wollte gehen.

„Nein", Konstantin berührte sie am Arm, um sie aufzuhalten. „Bitte bleiben Sie. Geben Sie mir einen Moment." Sein charmantes Lächeln erstarb augenblicklich, als er sich dem rechthaberischen Mann zuwandte. „Ich habe Sie aber nicht gefragt, Herr ...?"

„Mein Name ist Krüger und ich betreibe seit mehr als zwanzig Jahren meinen Stand auf dem Weihnachtsmarkt in Kassel. Hören Sie, seit mehr als zwanzig Jahren ... aber noch nie an so einer abgelegenen Stelle wie dieses Jahr! Das ist ..."

„Herr Krüger!" Konstantin musste sich wirklich zusammenreißen, um nicht aus der Haut zu fahren. „Ich möchte Ihnen, genauso wie jedem anderen der Betreiber hier, behilflich sein. Sofern es in meiner Macht liegt, doch dafür müssen Sie mir auch die Gelegenheit geben. Es muss möglich sein, dass ich mir einen objektiven Eindruck von den Gegebenheiten verschaffe, um mir ein Ur...", er räusperte sich, „... ich meine, um nach einer Lösung zu suchen. Dafür haben Sie sicher Verständnis. So, und deswegen bitte ich Sie, auch den Damen hier die Gelegenheit zu geben, Stellung zu nehmen."

Konstantin drehte dem Querkopf wieder den Rücken zu und richtete nun zum zweiten Mal die Aufmerksamkeit auf Isabella, die angesichts der Situation ein wenig blass geworden war. „Sie sind also nicht die Eigentümerin hier?"

„Nein", die hübsche Blonde ergriff das Wort. „Wenn ich das kurz erklären darf ... wir sind beide Angestellte. Die Betreiberin ist Lena Hofer. Ihr gehört der Feinkostladen. Mein Name ist Fabienne Marx. Die nächsten Wochen werden wir beide hier arbeiten."

„Ich vermute, es geht darum, dass ich mir gerade einen Espresso zubereiten wollte und ich dafür die Herdplatte angeschaltet habe", begann Isabella. „Mir war nicht klar ..."

„So ein Blödsinn ... *mir war nicht klar*", äffte Krüger sie nach, „wo kommen wir denn da hin, wenn jeder macht, was er will?"

Konstantin hob die Hand und bedachte den Schreihals mit einem kühlen Blick, worauf er Ruhe gab. Interessiert machte er einen Schritt in Richtung des einladend zurechtgemachten Standes und schaute sich um: Handgefertigte Frühstücksbrettchen, Kochlöffel und Nussknacker neben Brotaufstrichen, Weinbränden und anderen Südtiroler Spezialitäten. In einer Nische entdeckte er dann das Corpus Delicti: eine überalterte Einzel-Kochplatte mit einem angeknacksten Porzellanstecker aus längst vergangenen Tagen, auf der eine klassische Espressokanne stand. Konstantin nahm die Platte kritisch in Augenschein, sagte aber nichts.

„Entschuldigen Sie, aber ich wusste nicht, dass es verboten ist, Elektrogeräte mitzubringen", erklärte Isabella. „Ich wollte auf gar keinen Fall hier für Ärger sorgen ..."

„Aber doch nicht auf so einem Ding, das aus dem vorigen Jahrhundert stammt, einen kaputten Stecker hat und nicht nach den gängigen Regularien geprüft ist", fuhr Krüger abermals dazwischen. „Glauben Sie, ich will meine Existenz wegen so einer Schluderei verlieren?"

„Herr Krüger!", rief Konstantin schärfer, als er eigentlich wollte. „Können wir uns darauf einigen, dass ich Sie frage, wenn ich etwas von Ihnen wissen will?"

„Hören Sie doch auf! Was glauben Sie, wen Sie vor sich haben? Einen, der Tomaten auf den Augen hat? Ich bin doch nicht blind! *Sie* wollen doch nur die jungen Damen hier beeindrucken. Ha, aber nicht auf meine Kosten. Soweit kommt's noch. Es ist ja wohl klar, wer da den Kürzeren zieht", plusterte er sich erneut auf.

„Jetzt reicht's aber!" Konstantins Gesicht lief vor Zorn rot an. „Ich werde mir ja wohl erst mal einen Überblick verschaffen dürfen. Oder glauben Sie etwa, Ihr Wort ist hier Gesetz?"

„Ist schon gut", meldet sich Isabella zu Wort. „Ich werde die Platte nicht mehr benutzen. Wenn damit der Streit aus der Welt ist ..." Sie stellte sich vor Krüger und wartete auf eine Antwort.

„Ja ... na gut. Dann will ich mal nicht so sein. Aber wehe, Sie benutzen das Ding hinter meinem Rücken morgen doch wieder", grummelte er misstrauisch.

„Nein, ganz sicher nicht. Herr Niendorf kann die Platte sofort in Gewahrsam nehmen. Ist es dann so in Ordnung für Sie? Wir möchten uns nämlich endlich um unsere Kunden kümmern."

Tatsächlich beäugten zwei Frauen die Spezialitäten des Südtiroler Standes und interessierten sich besonders für die Holzbrettchen.

Konstantin gab Isabella eine Visitenkarte und nahm die Herdplatte an sich.

An Krüger gewandt, der ihn wie ein Habicht fixierte, sagte er: „Ich hoffe, Ihrer Beschwerde wurde zu Ihrer Zufriedenheit nachgekommen. Einen schönen Tag noch."

Das knappe Kopfnicken Krügers nahm er als Antwort und setzte seine Erkundung über den Weihnachtsmarkt fort.

Zwei

Am Abend schlüpfte Isabella, müde und erschöpft vom langen Stehen, aus der Tracht. Sie bewohnte ein komfortables Einzelzimmer *im Brunnenhof,* einem ringförmig angelegten Hotel- und Gaststättenbetrieb, an dem ihr Cousin Teilhaber war. Max, der genau wie Isabella aus Südtirol stammte, war seinerzeit eher zufällig nach Nordhessen gekommen.

Lena, mit der er inzwischen verheiratet war, hatte ihn, ohne es zu wissen, aus einer ziemlich misslichen Lage befreit. Im Zuge dieser Verwicklungen hatten sich die beiden ineinander verliebt, geheiratet und waren nunmehr auch stolze Eltern einer kleinen Tochter geworden, Sophie. Gemeinsam führten sie den alteingesessenen Betrieb, der schon von Lenas Großeltern bewirtschaftet worden war.

Meistens nahm Isabella die Mahlzeiten im Nebenraum der Gaststube ein, dort, wo auch das Personal im Allgemeinen aß. Doch heute, am Ruhetag des Restaurants, war sie in die Privatwohnung der Eheleute zum Abendessen eingeladen worden. Diese befand sich im gegenüberliegenden Gebäude des Gasthauses, einer ehemaligen Scheune, in der das Dachgeschoss zu einer komfortablen Wohnung ausgebaut worden war.

In bequemer Freizeitkleidung fand sich Isabella dort ein und wurde von Lena empfangen, die sie in die geräumige Wohnküche führte, wo bereits der Tisch eingedeckt war. Ein angenehm würziger Geruch von Tomaten, Basilikum und Knoblauch hing in der Luft.

„Setz dich. Du kommst genau richtig. Die Nudeln sind gar. Max bringt nur unsere Süße ins Bett, dann können wir essen. Sophie war todmüde“, lachte sie. „Erzähl, wie war dein Tag? Wie geht's deinem Bein? Hast du Schmerzen?“ Sie stellte zwei Schüsseln auf den Tisch und setzte sich dazu.

„Mein Bein ist ganz okay.“ Isabella zog eine Grimasse. „Ich hab' mich zwischendrin immer mal hinsetzen können. Aber was unseren Standnachbarn betrifft, sieht die Sache schon anders aus. Mit dem haben wir einen ordentlichen Kaltstart hingelegt. Das ist ein ziemlicher Vollidiot. Sorry für die Ausdrucksweise, aber ist so. Der hat sich vielleicht aufgeführt ... aber nachdem er endlich Ruhe gegeben hat, lief alles ganz okay. Wir haben ganz gut verkauft.“

„Was war denn los?“ Max, der hinzukam, strich ihr liebevoll über die Schulter, bevor auch er sich setzte.

Während des Essens erzählte Isabella von den Vorfällen und geriet mit jedem Wort mehr in Rage.

„Tja, und am Ende ... damit der Proll endlich Ruhe gab, habe ich die Herdplatte abgegeben ... also abgeben müssen. Ein Angestellter der Stadt hat sie mitgenommen. Ihr könnt euch nicht vorstellen, wie peinlich das war! Der Kerl hat mit seiner Krakeelerei den ganzen Platz unterhalten. Also ich meine den Typen vom Nachbarstand, nicht den Beamten ... *der* war sehr nett.“

„Wegen der ollen Platte mach dich nicht verrückt“, winkte Lena ab und strich sich eine widerspenstige rostrote Strähne aus der Stirn, die ihr immer wieder hineinrutschte. „Das Ding ist schon so alt, ich glaube, es stammt noch aus der Zeit meiner Großeltern. Das ist überhaupt nicht tragisch. Aber welche Möglichkeiten gibt es denn noch, damit du zu deinem heißgeliebten Espresso kommst? Gibt es denn keinen Stand in der Nähe, an dem du dir einen vernünftigen Kaffee kaufen kannst?"

„Ach, so wichtig ist das nun auch nicht", schüttelte Isabella den Kopf. „Es reicht, wenn ich mir von hier Filterkaffee in der Thermoskanne mitnehmen kann. Da freut sich auch Fabienne drüber. Hätt' ich gewusst, dass ich mit der Herdplatte so einen Sturm heraufbeschwöre, hätte ich mich gleich dafür entschieden. Aber ich denke, dem Kerl kann man sowieso nichts recht machen. Seine Frau hat kein Wort dazu gesagt. Sie schaute nur griesgrämig drein und hat den Quatsch, den er von sich gibt, abgenickt."

Isabella fuhr sich mit den Fingern durch die dichten dunklen Haare, die sie jetzt offen trug.

„Was glaubt ihr, wie argwöhnisch der dreingeschaut hat, als er mitbekommen hat, dass die Leute nicht nur zum Kaufen an unseren Stand gekommen sind, sondern sich auch über Südtirol informiert haben. Und was die alles wissen wollten ...", lachte sie und berichtete mit lustigen Anekdoten von den vielen reiselustigen Passanten, die mit unzähligen Fragen am Stand haltgemacht hatten.

„Tja, wenn ich's mir recht überlege, sollte ich mir für morgen ein paar Nummern aufschreiben, die ich dann weitergeben kann", sinnierte sie laut.

„Für den ersten Tag hört sich das doch insgesamt ganz gut an. Telefonnummern musst du dir keine aufschreiben. In der Lounge liegen genug Flyer, die wir hier zur Info auslegen, die kannst du mitnehmen. Die kriege ich immer wieder neu."

Max sah sie mit einem warmen Lächeln an. „Wenn ich dich so reden höre, hast du heute keine Zeit gehabt, zu grübeln. So gefällst du mir. Du warst in letzter Zeit so deprimiert, das war ja nicht mehr mit anzusehen."

„Stimmt!", pflichtete Lena ihm bei. „Allein dafür war der *Proll* schon gut – und die vielen Leute, die sich für deine Heimat interessieren, auch."

„Ja, das ist echt cool – sorry, ich weiß, ich war ganz schön mies drauf in der letzten Zeit. Das war gar nicht mehr ich", nickte sie und verzog ihr Gesicht zu einer reumütigen Miene. Als sie die besorgten Blicke von Lena und Max auf sich spürte, richtete sie sich ruckartig auf und wagte ein Lächeln.

„Aber seitdem ich hier bin, fühlt sich mein Leben schon viel besser an. Jetzt habe ich wenigstens erst mal eine Aufgabe, obwohl ich immer noch nicht weiß, was ich mit meiner Zukunft anfangen soll."

„Das erwartet auch gar keiner", beschwichtigte Max sie und füllte sich den Teller auf. „Hab ein bisschen Geduld. Das kommt schon noch. Die letzten Monate waren hart für dich. Wir wissen das. Lass dir Zeit. Du bist jetzt hier ... weit weg von dem, was dich erinnert, und hast alle Zeit der Welt, einen neuen Weg zu finden. Wir freuen uns, dass du da bist. Mit deinen Eltern ist ja abgesprochen, dass du so lange bleiben kannst, wie du magst und bis du für dich weißt, wo's lang geht. Abgesehen davon können wir deine Hilfe gerade sehr gut gebrauchen."

Während Lena und Max zu essen begannen, stocherte Isabella unschlüssig in ihren Nudeln. „Ich weiß und ich bin ja auch sehr gerne da." Isabella schluckte und legte die Gabel zur Seite. „Aber trotzdem ...", brach es aus ihr heraus.

Sie nahm einen Schluck Mineralwasser und konnte nicht weitersprechen, weil sie der Kummer über das Vergangene erneut wie aus heiterem Himmel übermannte.

„Wenn ich nicht wie heute den ganzen Tag beschäftigt bin, fühle ich mich so furchtbar leer und nutzlos. Nichts macht Sinn und es kommt mir vor, als hätte ich nur noch Watte im Hirn."

Traurigkeit und Ohnmacht stiegen in ihr auf. „Keine Sorge, ich funktioniere, ganz klar, aber ... mir fehlt jegliche Perspektive, wie es weitergehen soll. Habt ihr eine Idee, wie das ist, wenn man jahrelang nur auf ein Ziel hingearbeitet hat, immer nur von einem Rennen zum nächsten gedacht hat ... egal für welches? Und plötzlich soll das alles überhaupt keinen Wert mehr haben? So, als hätte es das nie gegeben ... und als ob das noch nicht genug wäre, sagt dir der Kerl, den du liebst und von dem du glaubst, dass er dich auch liebt: *Schatz, ich will fair sein ...*" Mit tonloser Stimme schilderte sie Georgs Krankenhausbesuch, bei dem er ihre Beziehung mit wenigen Worten beendet hatte.

Die ersten Tränen liefen Isabella an der Wange hinunter. Um Beherrschung bemüht, starrte sie zur Decke und presste die Lippen zusammen.

„Entschuldigung", stammelte sie, als sie die betroffenen Mienen von Lena und Max registrierte. „Ich wollte euch nicht den Abend verderben ..."

Lena legte das Besteck zur Seite und griff über den Tisch nach Isabellas Hand.

„Das tust du nicht. Glaub mir, ich verstehe dich sehr gut. Zwar habe ich es, was das Berufliche betrifft, leichter gehabt als du, aber wenn es um die Männer geht ...“ Sie schickte Max zwinkernd einen Luftkuss. „Ich rede von den Männern, die ich vor deinem Cousin kennengelernt habe, da weiß ich genau, wie's dir geht.“

Sie ließ Isabellas Hand los. „Wusstest du eigentlich schon, dass ich mir damals fest vorgenommen hatte, keine Beziehung mehr einzugehen? Ich wollte nie wieder Stress mit einem Mann haben“, lachte Lena, „und ich habe felsenfest daran geglaubt, dass ich ohne die Kerle auskomme“, nickte sie und strich Max zärtlich über den Arm. „Tja, bis Max alle meine guten Vorsätze über den Haufen geworfen hat.“

„Wirklich?“, lachte Isabella nun auch wieder und wischte sich die Tränen aus den Augen. „Ich kann mir beim besten Willen nicht vorstellen, wie du das hättest schaffen wollen ... ich meine, dass die Kerle dich in Ruhe lassen.“

„Danke für die Einschätzung“, grinste Max, „das haben alle so gesehen, nur sie selbst nicht. Du musst wissen, dass sie sich vor Verehrern kaum retten konnte.“ Er wich einem Klaps von Lena aus und grinste frech. „Ich weiß bis heute nicht, weshalb sie sich für mich entschieden hat ...“

Lena küsste Max. „Du machst mich ganz verlegen. Was soll denn Isa von uns denken?“

„Nur das Beste“, Isabella fand den Anblick der beiden wirklich tröstlich. „Ich freue mich, dass ihr so glücklich seid.“

„Hab ein wenig Geduld.“ Lena räumte den Tisch ab. „Es braucht Zeit, bis die Wunden verheilen. Das ist ganz

normal." Sie zuckte mit den Achseln. „Ich kann dir nur
aus eigener Erfahrung sagen, dass man gut daran tut,
ein bisschen aufs Leben zu vertrauen. Ich weiß, wie
klugscheißerisch sich das anhört. Mir ist es auch ziemlich schwergefallen, das zu glauben. Zumal ich, genau
wie du jetzt, ganz unten im Loch gesteckt hab. Da
kannst du Uschi fragen. Die war's nämlich, die mir immer wieder eingetrichtert hat, dass das Gute meistens
von dort kommt, wo man es am wenigsten vermutet."

„Das kann ich mir vorstellen. Uschi ist ja auch die
gute Seele vom Brunnenhof", nickte Isabella.

„Und manchmal kommt das Gute auch in Verkleidung", schickte Max schmunzelnd hinterher.

„Wie ist das denn gemeint?" Isabella stapelte die Teller aufeinander und sah zwischen den schelmischen
Gesichtern der beiden hin und her.

„Tja, das lass dir mal von Max erzählen", lachte Lena.
„Dann kann er dir auch gleich erklären, warum er hier
bei uns von allen Max gerufen wird und wieso er bei
euch daheim Alois genannt wird." Sie ging zur Spüle.
„Du kannst das Geschirr stehen lassen, Isa. Bleibt ihr
nur sitzen und unterhaltet euch. Ich kümmere mich
um den Abwasch."

Drei

Bevor Isabella am nächsten Morgen den Spezialitätenstand aufschloss, besuchte sie die Krügers nebenan. Sie wunderte sich nicht, dass die Eheleute schon längst vor Ort waren und das Geschehen ringsherum mit Argusaugen betrachteten. Demonstrativ hielt sie die große silberne Thermoskanne in die Höhe.

„Hier! Nur damit Sie wissen, dass bei uns heute keine Elektrogeräte zum Einsatz kommen."

Ohne die Antwort abzuwarten, wandte sie sich ab und stapfte rüber zu Fabienne, die bereits dabei war, die Verkaufswaren ansprechend zu präsentieren. Kichernd begrüßten sie sich.

„Gut so." Fabienne klopfte ihr auf die Schulter. „Die können ruhig wissen, dass wir nicht kuschen."

Isabella präsentierte die mitgebrachten Werbeflyer, die über Hotels, Ferienwohnungen und Restaurants in verschiedenen Regionen Südtirols informierten, gut sichtbar in einem dekorativen Korb und ignorierte die grimmigen Blicke, mit denen die Krügers jeden ihrer Handgriffe verfolgten. Es blieb den beiden ohnehin keine Zeit, sich darum zu kümmern, denn wie am Vortag konnten sie sich über mangelndes Besucheraufkommen nicht beklagen.

So vergingen die ersten Tage und der Dezember hielt Einzug. Die Temperaturen sanken um einige Grad und die Bäume verloren ihre letzten Blätter. Damit einhergehend spürte man, wie sich das herannahende Fest in das Bewusstsein der Menschen schlich. Immer mehr Leute bevölkerten den Weihnachtsmarkt.

An einem Donnerstagvormittag stachen drei vor Kraft strotzende Männer so auffallend aus der Menge heraus, dass Isabella sie nicht übersehen konnte. Der Mittlere hielt eine riesige Tüte gebrannter Mandeln in der Hand, in die die beiden anderen abwechselnd hineingriffen. Nach dem Aussehen zu urteilen, waren sie kaum älter als Isabella selbst – also ungefähr Mitte zwanzig.

„Kennst du die?" Fabienne trat neben sie.

„Das weiß ich noch nicht." Isabella verzog skeptisch den Mund. „Der Rechte von den Dreien kommt mir ziemlich bekannt vor, aber vielleicht sieht er auch nur jemandem ähnlich", überlegte sie laut. „Nein, normalerweise kann das nicht sein. Der, an den ich denke, stammt aus meiner Heimat und sollte jetzt eigentlich bei irgendeinem Eishockeyteam als Profi verpflichtet sein. Er wollte unbedingt in den USA oder in Kanada Karriere machen. Wir waren zusammen auf dem Sportinternat ..."

„Na, also sportlich sehen die drei aber schon aus", resümierte Fabienne, „und der Rechte gefällt mir am besten. Cooler Typ, obwohl ich eigentlich nicht auf lange Haare stehe. Aber der kann es tragen. Hach, wenn ich meinen Mirko nicht schon hätte ..." Sie wiegte den Kopf hin und her und schnalzte mit der Zunge, bevor sie sich lächelnd einer Frau zuwandte, die sich für Kräuterschnaps interessierte.

„Auf jeden Fall", grinste Isabella, „der Rechte macht wirklich am meisten was her."

Plötzlich fühlte sie sich beobachtet und seufzte genervt auf, weil Herr Krüger sie schon wieder so grimmig anstarrte.

Was hat der nur? So ein alter Stinker, dachte sie genervt.

„Isa? Isabella Hofer?“

Sie wandte den Kopf und erkannte, dass der attraktivste der drei Sportskanonen ihren Namen rief. Der, der ihr so bekannt vorgekommen war. Und plötzlich wusste sie, dass sie sich nicht geirrt hatte.

„Simon? Simon Landauer?! Was machst du denn hier? Ich hätte dich kaum wiedererkannt.“

Er nahm sie in den Arm und drückte sie einen Moment fest an sich.

„Ich dich schon. Du bist noch genauso hübsch wie damals. Was machst du hier auf dem Weihnachtsmarkt?“, schob er sie wieder etwas von sich, ohne sie ganz loszulassen.

„Ich arbeite hier. Und du?“

„Ich spiele bei den *Huskies* Eishockey und bin schon seit mehreren Monaten in der Stadt“, grinste er und sah sich den Marktstand näher an. „Okay, sieht alles ganz nett aus. So wie daheim.“ Mit dem Kinn deutete er auf den Stand.

„Aber wolltest du nicht nach Übersee?“, fragte Isabella erstaunt.

„Das will ich immer noch. Aber so einfach ist das nicht. Ich muss mir erst einen Namen machen.“

Er blickte über ihren Kopf hinweg und las das Inhaberschild, das ganz oben in der Ecke des Standes hing.

„Bist du mit dem Sternekoch Max Hofer aus dem Brunnenhof verwandt?“

„Ja, er ist mein Cousin."

„Aha, das erklärt einiges. Übrigens eine tolle Location. Ich bin schon ein paarmal da gewesen. Meistens zusammen mit dem Team. Wir Südtiroler müssen doch zusammenhalten."

Er hielt einen Moment inne und sah sie mit einem bedauernden Lächeln an.

„Ich habe von dem bösen Sturz in Cortina d'Ampezzo gehört. Tut mir echt leid für dich ... das war's dann wohl mit deiner Karriere als Abfahrtsläuferin, was?"

Isabella schluckte und ihre Mundwinkel gingen nach unten. „Ja, da ist nichts mehr zu machen. Das Risiko einer noch größeren Verletzung ist zu groß. Ich kann froh sein, dass ich so glimpflich davongekommen bin", nickte sie und schwieg.

Es reichte, wenn sie vor ihrer Verwandtschaft in Tränen ausbrach. Insbesondere vor Simon wollte sie sich keine Blöße geben. Er wusste bis heute nicht, dass sie während der Internatszeit heimlich für ihn geschwärmt hatte. Seltsam, dass er ihr ausgerechnet jetzt und hier über den Weg lief. Sollte das vielleicht ein Zeichen sein?

„Was meinst du? Wollen wir uns mal treffen? In Erinnerung an die alten Tage im Internat?", lächelte er sie gewinnend an.

„Ja, warum nicht? Ich bin aber bis Weihnachten ziemlich eingespannt."

„Das macht nichts. Gib mir deine Handynummer. Ich melde mich. Die Jungs werden schon ungeduldig."

Vier

Konstantin verrichtete nun schon eine Woche lang seinen neuen Job auf dem Weihnachtsmarkt und wie jeden Tag startete er am Nachmittag seinen zweiten Rundgang und wusste mittlerweile, auf was er zu achten hatte. Allmählich fühlte er sich sicherer in dem, was er tat, denn die Standbetreiber akzeptierten ihn inzwischen als Marktaufsicht und behandelten ihn, als wäre er seit Jahr und Tag dabei.

Nur Herr Krüger nicht.

Misstrauisch beäugte der notorische Nörgler ihn und es verging kein Tag, an dem er sich nicht über irgendetwas beschwerte – die Leute, das Wetter, über den unmöglichen Standplatz und nicht zuletzt über die schrecklichen Nachbarn, die sowieso alles falsch machten und ständig irgendwelche Regelverstöße begingen.

Konstantin ertrug Krügers Litanei eigentlich nur deshalb so geduldig, weil er währenddessen unbehelligt die beiden Dirndlschönheiten vom Südtiroler Stand bei ihrer Arbeit beobachten konnte.

Und die hatten richtig viel zu tun. Während die Blonde beriet und verkaufte, packte Isabella die Waren ein und kam damit kaum hinterher. Konstantin war das ganz recht, so bemerkten sie wenigstens nicht, mit welchem Interesse er sie in Augenschein nahm.

Plötzlich hörte Konstantin, wie jemand seinen Namen rief. Überrascht drehte er sich um und sah, wie

Felix, den Kinderwagen vor sich herschiebend, gehetzt und aufgeregt auf ihn zugelaufen kam.

„Bin ich froh, dass ich dich endlich gefunden habe", japste er und packte ihn am Arm. „Ich brauche dringend deine Hilfe."

„Was ist denn los? Und wieso ist Yannik bei dir? Hast du schon Feierabend?"

„Nee … äh, ja. Ich musste früher aufhören. Laura ist mit dem Krankenwagen in die Klinik gebracht worden. Deshalb brauche ich ja so dringend deine Hilfe. Yannik kennt dich und die Kita macht gleich zu … ich weiß nicht, wohin mit ihm. Ich muss doch bei Laura sein, wenn das Baby kommt!"

„Ja … okay, aber ich bin noch nicht fertig hier." Konstantin wusste nichts anderes zu sagen.

„Das macht nix", Felix klang gehetzt, „Yannik hat eine trockene Windel, er hat gegessen und er freut sich, wenn er ein bisschen mit dir rumfahren kann. Er ist doch ein ganz ruhiges und liebes Kind. Das weißt du doch. Bitte! Ich muss los. Ich darf keine Zeit mehr verlieren." Seine Augen flehten. „Bitte bitte, Konni, lass mich jetzt nicht im Stich. Wenn du mal soweit bist …"

„Aber …"

Noch bevor Konstantin etwas erwidern konnte, drückte ihm Felix eine prall gefüllte Babytasche samt Kinderwagengriff in die Hand und bahnte sich mit eiligen Schritten einen Weg durch die Menge.

Was war das denn für eine Aussage? *Wenn du mal soweit bist!* Scherzkeks! Das konnte ja dann noch dauern, bei dem Glück, das er bei Frauen hatte …

Konstantin betrachtete den knapp zweijährigen Jungen im Kinderwagen, der versonnen auf eine wippende

Lichterkette schaute und dank der vielen Eindrücke und Geräusche ringsherum noch gar nicht mitbekommen hatte, dass sein Vater soeben gegangen war.

„Na, dann wollen wir mal sehen“, flüsterte Konstantin ihm zu, „wie gut wir beide uns verstehen.“

Er bugsierte die Tasche in die Gepäckablage des Wagens und schob los.

Bildete er sich das nur ein oder bekam er tatsächlich plötzlich mehr Aufmerksamkeit von den Damen? Lauter wohlwollende Blicke. Erst für das Baby und dann für ihn. Verrückt. Vielleicht sollte er sich Yannik öfter mal ausborgen. Blödsinn. Welche Frau würde sich schon für einen Mann mit Kind interessieren? Zumal sie ja denken musste, dass es dazu auch noch eine Frau gab. Also doch keine so gute Idee ...

Um den Südtiroler Stand bildete sich auch an diesem Nachmittag eine Traube. Konstantin konnte die Mädels kaum ausmachen, so viele Leute hielten sich vor der Auslage auf.

Frau Krüger, die ausnahmsweise mal nicht ihren großen Busen auf der langweiligen Messerauslage abstützte, sondern sich vor dem Stand aufhielt, beugte sich begeistert über den Kinderwagen, als er vor ihrem Verkaufsstand angekommen war.

„Ach was für ein goldiger Junge“, säuselte sie. „Ganz der Vater. Wo ist denn die Mutti dazu, hm? Die erledigt Einkäufe, was? Das ist aber nett, dass Sie sich so lieb um ihr Kind kümmern ...“

Konstantin ließ sich nicht anmerken, was in ihm vorging. Er war sich noch nicht sicher, ob er lachen oder schreiend weglaufen sollte.

„Ach der Herr Kontrolleur!", brüllte nun auch Herr Krüger. „Das passt ja prima, dass Sie gerade jetzt hier vorbeikommen."

Oh nein, nicht schon wieder eine Tirade auf die böse Welt da draußen! Konstantin blickte gen Himmel.

In Windeseile bewegte sich der recht korpulente Mann hinter dem Tresen hervor.

„Guck doch mal, Werner!", stoppte ihn seine Frau. „Wäre das nicht wunderbar, wenn unser Timo uns auch endlich zu Großeltern machen würde? Ach, das wär' ja so schön", seufzte sie theatralisch und beugte sich so tief über Yannik, dass der prompt anfing zu weinen.

Konstantin presste die Lippen zusammen und verkniff sich einen Kommentar.

„Ach, lass mich doch damit in Frieden", grunzte Krüger genervt. „Dafür müsste er erst mal eine Frau kriegen", wetterte er weiter und wischte sich den Schweiß von der Stirn.

So warm war es doch gar nicht, dachte Konstantin. Gerade mal um die null Grad.

„Ach du liebes bisschen, nun weint der kleine Schatz ..." Frau Krüger zeigte echtes Bedauern.

„Himmelherrgott, jetzt sei doch mal still, Helga! Lass mich mal mit dem Herrn Niendorf reden ... immer das Gequatsche ..."

Konstantin, dem es peinlich war, so ein Aufsehen zu erregen, sah sich gehetzt um. Sein Blick streifte auch den Stand gegenüber. Glück gehabt. Dort war so viel zu tun, dass man das Trara nicht mitbekam. Am liebsten wäre es ihm, wenn die Mädels ihn überhaupt nicht mit einem Kind in Zusammenhang brächten.

„Moment mal!“, zischte Konstantin deshalb mit verhaltener Stimme. „Sie sehen doch, dass der Junge weint. Zuerst muss ich ihn beruhigen.“

Behutsam nahm er Yannik aus dem Wagen und gab ihm den Schnuller. „Ja, mein Kleiner, es ist ja alles gut ...“

„Haben Sie denn keine Frau, die das erledigen kann?“, bellte Krüger.

„Werner! Jetzt bist *du* aber mal still! Heutzutage kümmern sich auch die Väter um ihre Kinder. Sie sind ja nicht alle so wie du. Nun lass ihn doch mal in Ruhe sein Kind versorgen.“

„So ist's gut mein Kleiner.“ Konstantin schaukelte Yannik behutsam im Arm, wandte sich von den streitenden Krügers ab und sah verstohlen erneut rüber zum Südtiroler Stand. Ausgerechnet in diesem Moment strömten die Leute in alle Richtungen, sodass sich regelrecht eine Gasse bildete und er Isabella direkt in die Augen sehen konnte, die just in dem Augenblick herübersah.

Scheinbar überrascht über das Bild, das er abgab, lächelte sie ihn freundlich an. Genau der wohlwollende Blick, den er schon von anderen Frauen bekommen hatte. Na toll! Jetzt dachte sie garantiert, dass er ein glücklicher Familienvater war. Wenigstens schien Yannik wieder friedlich zu sein, denn er spuckte den Schnuller, der wohlweislich an einem Bändchen hing, aus und strahlte vor Freude über die bunte Beleuchtung ringsherum. Er streckte ein Ärmchen in die Luft und krähte und brabbelte fröhlich vor sich hin.

„Nun gucken Sie sich das da drüben mal an!“

Herr Krüger tauchte plötzlich neben ihm auf und deutete auf einen freistehenden Korbständer, der am Stand gegenüber positioniert war und in dem man bunte Flyer liegen sah. Konstantin, der befürchtete, dass Yannik angesichts des aggressiven Tonfalls erneut anfangen würde zu weinen, drehte sich von ihm weg und stellte erleichtert fest, dass wenigstens dessen Frau wieder ihre Position hinter dem Verkaufsstand eingenommen hatte.

„Was soll denn damit sein?" Er konnte seinen Unmut nur schwer verbergen.

„Das sehen sie doch!" Der notorische Stänkerer deutete auf die Menschentraube, die nun wieder so groß war, dass sie auch die Fläche vor Krügers Messerstand beinahe vollständig belegte.

„Wie soll denn da noch jemand bei mir kaufen können? Hä? Das ist doch eine Unverschämtheit. Wollen Sie das etwa bestreiten?"

„Aber das ändert sich doch auch gleich wieder. Die Leute kommen und gehen."

Konstantin stellte den Kinderwagen zur Seite, behielt Yannik aber auf dem Arm. Der Junge hatte einen Arm um seinen Hals geschlungen und betrachtete fasziniert die Menschen, die an ihnen vorbeigingen.

„Wie wollen Sie das verhindern?", versuchte er Krüger zu überzeugen, „das kann umgekehrt genauso passieren."

In hundert Jahren nicht, dachte Konstantin dabei ironisch, wer kommt schon wegen so langweiligem Zeug auf den Weihnachtsmarkt?

„Ach so ist das", verzog Krüger sein Gesicht zu einer düsteren Miene, „die können also machen, was sie wollen und nur *ich* muss mich an die Regeln halten. Na, das ist ja mal was ganz Neues."

Bei Yannik drohten sich die Schleusen erneut zu öffnen, denn er zog angesichts Krügers forschem Ton wieder eine Schnute.

Konstantin drückte Yannik daher schnell einen Kuss auf die Wange und schunkelte ihn hin und her. „Ist ja gut, mein Schatz. Ich bin ja da. Es tut dir keiner was."

„Aber nein, das haben Sie falsch verstanden", ging Konstantin auf Krügers Äußerung ein und verbiss sich einen schärferen Ton. „Seien Sie doch nicht immer gleich so empfindlich. Selbstverständlich haben Sie dieselben Rechte wie alle hier."

„Aha, wenn das so ist, dann könnte ich neben meinen Messern und Scheren ja auch noch ganz andere Waren verkaufen."

„Wie bitte? Das erklären Sie mir mal näher. Sie kennen doch die Statuten. Das hätten Sie anmelden müssen." Nun sah man Konstantin deutlich an, wie genervt er von Krügers Nörgelei war.

Er war kurz davor, den Querulanten einfach stehenzulassen, aber es war nun mal sein Job, der personifizierte Kummerkasten für die Standbetreiber zu sein.

„Dann gehen Sie doch mal rüber und gucken sich mal ganz genau an, was die da machen", ätzte Krüger weiter. „Dann werden Sie sehen, was ich meine. Da, in dem Korb, das ist kein Speck oder Schnaps. Nee nee, die verkaufen Reisen nach Südtirol", brüllte er. „Wenn das keine Frechheit ist! Was glauben Sie, warum bei denen ständig was los ist?", donnerte er noch lauter.

Konstantin drückte Yannik sofort schützend an sich.

„Die nehmen allen anderen hier die Kunden weg!"

Krüger ließ seinen Zeigefinger nach links und rechts kreisen. „Na los! Nun gehen Sie schon, damit Sie sehen, dass ich die Wahrheit sage."

Notgedrungen ließ Konstantin den Kinderwagen stehen. Mit einem unguten Gefühl im Bauch machte er sich auf den Weg zum Südtiroler Stand und wunderte sich über gar nichts mehr. Wo waren denn plötzlich die ganzen Leute hin? Ausgerechnet jetzt, wo er den Kontrolleur spielen musste. Die hohe Anzahl von Besuchern wäre ein unschlagbares Argument gewesen, um das leidige Gespräch auf einen späteren Zeitpunkt zu legen. Einen ohne Kind im Schlepptau.

Mein lieber Felix, dafür bist du mir was schuldig. Worauf du dich verlassen kannst ...

Lediglich zwei Damen ließen sich von Fabienne über verschiedene Schnapssorten beraten. Isabella räumte derweil Waren nach und bemerkte Konstantin nicht sofort.

„Hallo, Frau Hofer", räusperte er sich, „es tut mir ..." Weiter kam er nicht. Er hörte nur ein klatschendes Geräusch in seinem Rücken, so als wäre jemand gefallen.

Isabella sah erschrocken an ihm vorbei zum Boden und auch Yannik, der bislang friedlich vor sich hingebrabbelt hatte, erschrak und fing spontan an, herzzerreißend zu plärren. Nun wandte sich auch Konstantin um und betrachtete das Geschehen, das sich hinter ihm abspielte.

In dem Bemühen, nur nichts zu verpassen, war der Obernörgler und Hans-guck-in-die-Luft ihm offensichtlich gefolgt und mit einem Mann im elektrischen Rollstuhl kollidiert. Nun lag er wie ein Maikäfer auf dem Rücken und krümmte sich vor Schmerzen.

„Es tut mir leid", rief der Mann im Rollstuhl, „aber ich konnte gar nicht so schnell bremsen …"

Kurzerhand drückte Konstantin Isabella den Jungen in den Arm, murmelte eine Entschuldigung und schob ein älteres Ehepaar zur Seite, das gaffend auf die Szenerie starrte.

„Verzeihung, aber lassen Sie mich mal durch." Er beugte sich über Krüger, der sich mit schmerzerfülltem Gesicht eine Hand hielt.

„Das tut so weh", stöhnte er.

Geistesgegenwärtig zog Konstantin sein Mobiltelefon aus der Jackentasche und wählte den Notruf.

„Wir brauchen einen Rettungswagen, schnell. Zum Weihnachtsmarkt auf dem Friedrichsplatz, erster Gang vor dem Café Alex. Hier ist jemand gestürzt."

Er nickte kurz und legte dann auf. „Der Krankenwagen ist jeden Moment hier. Kommen Sie, ich helfe Ihnen auf."

„Was machst du denn für Sachen?", rief seine Frau aufgeregt vom Stand herüber. „Ich hab' dir doch gleich gesagt, du sollst hier warten."

„Ach sei doch bloß mal still. Was verstehst du denn schon?"

Noch ehe die beiden weiter streiten konnten, kamen drei Rettungskräfte mit einer Trage herbeigeeilt. Das Team war während der Zeit des Weihnachtsmarktes prophylaktisch in unmittelbarer Nähe stationiert, was sich jetzt als wahrer Segen herausstellte. Ruckzuck lag Krüger auf der Liege und wurde abtransportiert. Konstantin konnte sich ein Schmunzeln nicht verkneifen. Aber das Bild vom keifenden Obernörgler auf der Trage mit den stoisch dreinschauenden Rettungskräften ringsherum, die seine Tiraden schlichtweg ignorierten, würde er so schnell nicht vergessen.

Als Rettungssanitäter musste man Nerven haben, bei so einem Schreihals ... Ah – apropos. Yannik! Ach du Schreck! Der hatte ja auch ganz jämmerlich gebrüllt. Komisch, davon war gar nichts mehr zu hören.

Yannik hatte längst aufgehört zu weinen. Er brabbelte ruhig vor sich hin und fühlte sich auf Isabellas Arm sichtlich wohl. Sie war ganz begeistert von dem niedlichen Kerlchen, das sie umhertrug.

Sie betrachtete den Kleinen und mutmaßte, dass er wohl eher seiner Mutter ähnelte und hielt Ausschau nach Konstantin, den sie für den Vater des Jungen hielt. Isabella entdeckte ihn bei Frau Krüger, mit der er gerade sprach. Das gab ihr die Gelegenheit, ihn unbemerkt in Augenschein zu nehmen.

Seltsam, aber auf den Gedanken, dass er schon ein Kind haben könnte, wäre sie bei ihrer ersten Begegnung nicht gekommen. Natürlich war ihr klar, dass es für sein Alter nicht untypisch war – sie schätzte ihn auf Ende zwanzig – aber irgendwie machte er auf sie nicht den Eindruck eines Familienvaters. Warum sie so dachte, dafür hatte sie keine Erklärung. Allerdings musste sie sich eingestehen, dass irgendetwas an ihm sie neugierig machte. Ohne Zweifel war Konstantin Niendorf einen zweiten Blick wert. Aber sein gutes Aussehen war es nicht, dass sie sonderlich beeindruckte. Isabella war attraktive Männer um sich herum gewohnt. Die wenigsten Sportler waren total unansehnlich. Allein schon ihre mit Muskeln gestählten Körper brachten die meisten Frauen zum Seufzen, selbst wenn man ihre Gesichter eher als mittelmäßig bezeichnen würde.

Wie gut, dass mir keiner beim Denken zuhört. Das hört sich ja schrecklich eingebildet an, dachte sie. Und dennoch entsprach es der Wahrheit.

Mit diesen Gedanken beschäftigt, schlenderte sie mit dem Jungen auf dem Arm weiter und blieb vor einem Kinderkarussell stehen.

Konstantin verabschiedete sich von Frau Krüger, lief eilig hinüber zum Südtiroler Stand und sah sich suchend um. Als er den verwaisten Kinderwagen in der Menge entdeckte, rutschte ihm augenblicklich das Herz in die Hose und er fing an zu schwitzen.

Oh Gott, das auch noch!

Wo war Yannik? Felix würde ihn rädern und vierteilen, wenn dem Jungen etwas geschah.

„Schauen Sie mal da drüben." Fabienne, die seine Not anscheinend erkannt hatte, trat zu ihm. „Die beiden stehen vor dem Kinderkarussell."

Konstantin fiel ein Stein in der Größe eines Felsmassivs vom Herzen.

„Oh ja, danke", stammelte er und schnappte sich eilig den Kinderwagen.

Yannik und Isabella bemerkten ihn nicht einmal, als er sich einen Augenblick später neben sie stellte. Der Kleine war völlig im Bann des farbenfrohen Karusselltrubels. Nicht zuletzt die vielen Kinder, die ein- und ausstiegen, lenkten ihn rundum ab. Dennoch wunderte sich Konstantin, dass der Junge sich so schnell auf eine fremde Frau eingelassen hatte. Er erklärte es sich damit, dass Yannik ja schon seit fast einem Jahr in die

Kinderkrippe ging und deshalb nicht nur auf seine Eltern fixiert war. Ein wahrer Segen, so eine Einrichtung.

Isabella schunkelte den Kleinen auf ihrem Arm und Yannik schien damit ganz zufrieden zu sein. Unentwegt brabbelte er vor sich hin und zeigte mit seinen süßen Patschehändchen auf die sich im Kreise drehenden bunten Wagen. Auch die lärmenden Kinder faszinierten ihn sehr.

Erschrocken drehte Isabella sich um, als sie jemand am Arm berührte.

„Danke, dass Sie sich um ihn gekümmert haben." Konstantin strahlte sie erleichtert an und streckte die Arme nach dem Jungen aus.

Schöne Lippen hat er, dachte Isabella, *und einen Schneidezahn, der etwas aus der Reihe tanzt. Minimal.* Ansonsten gab es an dem Gebiss nichts zu beklagen. Strahlendweiß, ebenmäßig und vollständig.

„Sie haben keine Ahnung, wie sehr Sie mir gerade geholfen haben", seufzte er. Ein zärtlicher Ausdruck leuchtete aus seinen graublauen Augen, als der Kleine ihm vertrauensvoll die Ärmchen um den Hals schlang.

Sicher war er ein guter Vater, wenn das Kind so zufrieden bei ihm war, dachte Isabella und konnte den Blick nicht von seinen weichen, vollen Lippen abwenden, mit denen er dem Jungen jetzt einen Kuss auf die Wange gab. Der Kleine quietschte daraufhin vor Vergnügen und fuhr ihm mit den Fingern durch den kurzen, sehr gepflegten Vollbart.

„Vielen Dank, dass Sie mir den Kleinen abgenommen haben", hörte sie ihn jetzt sagen. Er hievte den Jungen in den Kinderwagen. „Sie haben was gut bei mir."

Isabella zuckte mit den Schultern und grinste ihn schief an.

„Kein Problem, das hab' ich doch gern gemacht. Er ist ein liebes Kind ... wäre schön, wenn der Krüger auch so leicht zu besänftigen wäre." Sie schickte einen Blick gen Himmel, bevor sie ihn wieder ansah. „Ich weiß, dass Sie keinen Einfluss darauf haben, aber es nervt total, wenn man jeden Tag angemeckert wird und ständig unter Beobachtung steht."

„Glauben Sie mir, wenn ich Ihnen sage, dass es mir genauso wenig Spaß macht, mir das Gemecker anzuhören?"

„Auf jeden Fall!", nickte sie lachend, „das stelle ich mir auch schrecklich vor. Was wollte er denn heute?"

Konstantin steuerte den Kinderwagen mit einer Hand und entfernte sich allmählich vom Karussell, was Yannik sofort mit einem nörgeligen Ton quittierte.

„Warten Sie, ich weiß, wie wir ihn besänftigen können!", rief Isabella. „Bestimmt hilft es, wenn wir ihm etwas zu essen oder zu trinken geben. Seine Mama hat ihm doch gewiss ein paar Kleinigkeiten eingepackt, oder?"

„Äh, ja ... bestimmt ... sicher." Konstantin wusste nicht, wie er die Situation erklären sollte. Wenn er in ihre dunklen, geheimnisvollen Augen sah, vergaß er alles um sich herum.

Warum konnte er so eine hammermäßige Frau denn bloß nicht unter anderen Umständen kennenlernen?

Isabella schien keine Handlung von ihm zu erwarten. So als hätten Frauen in solchen Situationen ein eingebautes Radar, holte sie die Babytasche unter dem Wagen hervor und kramte nach Keksen oder einer

Trinkflasche. Dass er da nicht schon längst selbst drauf gekommen war. Oh Gott, was musste sie jetzt von ihm denken?

Tatsächlich ließ sich der Kleine mit einem Keks sofort beruhigen. Konstantin drückte ihm auch noch die Wasserflasche in ein Händchen und der Junge war zufrieden.

„Wollen Sie mir nicht erzählen, was der Krüger heute schon wieder zu meckern hatte?"

Sie hatten mittlerweile den Stand erreicht.

„Doch doch, natürlich. Sie können sich sicher schon denken, worum es geht. Ihm sind die Flyer über Südtiroler Hotels und Ferienwohnungen ein Dorn im Auge. Vielleicht wäre es besser, wenn Sie die nicht so offensichtlich aufstellen würden und sie stattdessen etwas unauffälliger an die Leute verteilen. Dann wäre allen Beteiligten geholfen. Mich stört es nicht, aber ..."

Konstantins Handy klingelte. Felix' Nummer leuchtete im Display.

„Entschuldigung, aber da muss ich kurz rangehen."

Isabella nickte und wandte sich ab, um sich den Flyern im Korb zu widmen.

„Felix!", rief Konstantin, „kann ich schon gratulieren?"

„Jepp, kannst du. Unsere kleine Josefine ist da. Es ging alles so wahnsinnig schnell. Ich sag's dir. Laura konnte kaum Luft holen, da war die Kleine auch schon da. Warum ich anrufe: Ich wollte mich mit dir verabreden. Du bist doch sicher froh, wenn du mir meinen Zwerg wiedergeben kannst. Ich hoffe, ihr beiden hattet keine Probleme?"

„Nein, alles gut. Wir zwei sind prima miteinander ausgekommen. Yannik ist wirklich ein liebes Kind. Wo wollen wir uns treffen?“

„Ich bin schon fast bei dir“, japste Felix, „wenn du nach vorn in die Königsstraße zum Café Alex kommst, nehme ich ihn dir ab. Ich habe wenig Zeit. Ich will gleich wieder ins Krankenhaus.“

Konstantin zog den Kinderwagen zu Isabella.

„Ich muss dann jetzt los. Vielen Dank noch mal für Ihre Hilfe. Morgen komme ich wieder vorbei. Wenn Sie das mit den Flyern so regeln könnten ...“

„Ich bin gerade dabei.“

„Prima. Entschuldigung, aber jetzt habe ich's eilig. Bis morgen dann.“

Fünf

„Was bist du denn so hibbelig?" Fabienne gähnte und sah Isabella kurz von der Seite an, während sie den Firmenkombi durch die nächtlichen Straßen steuerte. Inzwischen war es kurz vor halb neun am Abend und sie fuhren zum Brunnenhof, um die Einnahmen abzugeben.

„Ich habe eine Nachricht von Simon bekommen."

„Wer ist denn Simon? Kenne ich ihn?"

„Du hast ihn gesehen, als er mit seinen beiden Freunden bei uns am Stand war."

„Ah, die Sahneschnitte! Verstehe …" Fabienne schnalzte mit der Zunge. „Und weiter?"

„Er ist mit ein paar Mannschaftkameraden im Brunnenhof und wartet auf mich." Isabella kicherte. „Der Verrückte. Warum sagt er mir das denn nicht schon früher?"

„Und, was hätte dir das genützt? Gar nichts. Wir hätten trotzdem bis um acht Uhr warten müssen, bis wir den Stand zumachen konnten."

„Ja, stimmt. Aber dann …"

„Dann hättest du dich nur noch früher verrückt gemacht. So hast du dazu keine Möglichkeit gehabt. Dafür solltest du ihm dankbar sein."

„Ach nee und wie war denn das mit dir und Mirko? Ich meine, als du ihn kennengelernt hast? Warst du da auch so … so abgeklärt?", klimperte Isabella mit den Wimpern und schnalzte nun auch mit der Zunge.

Fabienne lachte auf und schüttelte den Kopf. „Sieh mal an, die schöne Isabella zeigt ihre Krallen. Gut so. Okay, willst du die ganze Story hören?"

„Na klar. Ich liebe diese Kennenlerngeschichten, das ist doch überhaupt das Schönste …"

„Na ja, ich find's auch jetzt nicht schlecht. Ich kann mir mein Leben ohne Mirko nicht mehr vorstellen. Auch wenn der erste Rausch bei uns auch schon ein paar Tage her ist." Sie lächelte ein bisschen entrückt und sah dann kurz zu Isabella herüber. „Aber wer hätte gedacht, dass du so eine Romantikerin bist?"

„Jetzt hör auf damit … erzähl mir lieber, wie das mit dir und Mirko angefangen hat."

„Eigentlich gibt's da nicht viel zu erzählen. Vor drei Jahren, als Lena das Restaurant und den Spezialitätenladen neu eröffnet hat, brauchte sie dringend Leute, die ihr helfen. Das war auch der Grund, warum Max eine Chance bekam, bei ihr unterzutauchen … kennst du die Geschichte?"

„Ja, aber nicht bis ins Detail. Nur, dass sich Max hier eine Weile versteckt hat. Ich war zu dem Zeitpunkt so selten zu Hause, ständig in irgendwelchen Trainingslagern, weshalb ich das nicht so richtig verfolgt habe."

„Das lass dir dann besser von ihnen selber erzählen. Du wolltest ja wissen, wie das mit mir und Mirko war."

„Genau, aber Lena hat auch schon so eine seltsame Bemerkung gemacht. Das ging in Richtung Verkleidung oder so …"

„Ja", lachte Fabienne, „das trifft's zwar nicht ganz, aber so in etwa." Sie räusperte sich. „Also, das war so: Uschi hatte eine Art Inserat am Schwarzen Brett im

Lebensmittelladen ausgehängt und Mirko und ich waren unter den Bewerbern und sind genommen worden."

„Haben sich viele beworben?"

„Oh ja, aber wir haben das Rennen gemacht, weil wir schnell kapiert hatten, auf was es ankam. Im Brunnenhof zu bedienen, ist eigentlich nichts für Hilfskräfte, aber aus der Not heraus hat es ganz gut geklappt."

„Und wann hat's gefunkt?"

„Oje, warte, ich muss überlegen ... ich fand Mirko nett, sympathisch und auch nicht unattraktiv. Er hat sich aber gleich in mich verknallt. Das hat er jedenfalls so gesagt." Sie seufzte. „Ich hab manchmal ein ziemliches Brett vorm Kopf, denn ich hab mal wieder überhaupt nichts mitgekriegt, bis Uschi eine Andeutung machte. Na ja, und dann ging alles ganz schnell. Es war nach einer auswärtigen Feier, schon verdammt spät und ich total müde ...", einen Augenblick schwelgte Fabienne in der Erinnerung, bevor sie weitersprach. „... aber ich hatte keine Chance. Mirko wollte reden und ...", sie lachte ein bisschen verschämt, „... und wenn Mirko was will, kann er ziemlich beharrlich sein", schmunzelte sie.

„Es muss dir gefallen haben – sonst hätte es nicht funktioniert."

„Natürlich. Wie gesagt, Mirko ist nicht unattraktiv. Er ist kein Mann, der sofort auf den ersten Blick auffällt ... nicht so direkt jedenfalls, wenn du weißt, was ich meine", grinste sie frech.

„Also, mir ist schon aufgefallen, dass er einen tollen Körper hat! Da reicht ein Blick auf seinen Rücken. Er treibt viel Sport, was?"

„Oh ja. In jeder freien Minute, sonst wird er unausstehlich“, lachte Fabienne, „außerdem kann er unglaublich charmant sein. Was will man mehr? Ich geb ihn jedenfalls nicht mehr her.“

„Ich mag ihn auch. Ach …“, seufzte sie, „… so einen Glückstreffer wünsche ich mir auch.“

„Jetzt sei doch nicht so ungeduldig.“ Fabienne parkte den Wagen auf dem Innenhof des Brunnenhofes und schaltete den Motor ab. Ruhig betrachtete sie ihre Kollegin.

„Glaubst du, Mirko ist der erste Mann, mit dem ich zusammen bin? Irrtum. Vor ihm habe ich auch schon Pleiten, Pech und Pannen mit den Kerlen erlebt. Aber, auch wenn das komisch klingt, so unnütz ist das gar nicht. Dadurch lernst du, auf was du achten musst und weißt anschließend gewisse Eigenschaften an den weniger auffälligen Männern zu schätzen. Als ich so alt war wie du – ich weiß, das klingt jetzt furchtbar überheblich, aber ich bin nun mal fünf Jahre älter, bin ich auch auf die Überflieger reingefallen. Da hätte ein Mann wie Mirko keine Chance gehabt, weil er nicht so markant ist wie manch andere Kerle.“

Sie öffnete die Wagentür und drehte sich noch einmal zu Isabella um. „Glaub mir, die tollen Typen sind nicht die, die am meisten auffallen, aber das musst du schon selbst rausfinden. Vielleicht ist dieser Simon ja nicht so einer.“ Sie deutete auf den gläsernen Eingangsbereich des Restaurants. „Probier's aus! Probieren geht über Studieren.“

Isabella fand Simon in der Lounge an der Bar, wo er sich mit einem Gast unterhielt. Das war ihr ganz recht, so konnte sie sich noch ein wenig sammeln.

Fabiennes Worte klangen noch in ihr nach, genau wie die von Lena vor einigen Tagen. Sie wusste, dass alle es nur gut mit ihr meinten, aber all die guten Ratschläge nützten ihr nichts, weil sie sie nicht nachvollziehen konnte. Ihr bisheriges Leben hatte über Jahre hinweg nur aus Schule, Training und Wettkämpfen bestanden. Immer derselbe Rhythmus. Ab der achten Klasse hatte sie ein vom italienischen Staat gefördertes Sportinternat besucht. Und da gab es nur ein Ziel: sportlichen Erfolg.

Dort war sie auf den drei Jahre älteren Simon getroffen. Es waren nur wenige Monate gewesen, in denen sie gemeinsame Workshops und Kurse besucht hatten, aber die reichten, um für ihn zu schwärmen. Dann war sie Georg begegnet und hatte sich in ihn verliebt. Genau wie Isabella galt er als ein großes Skiabfahrtstalent. Zusammen waren sie ein unschlagbares Team. Gemeinsam feuerten sie sich an, unterstützten sich im Training und fuhren eine Bestzeit nach der anderen. Es war wie ein Rausch gewesen. Mit ihm erlebte sie das erste Mal die Liebe und glaubte sich im Himmel. Sportlicher Erfolg, tolle Reisen, glänzende Aussichten – und dann der Sturz.

Nichts war mehr wie zuvor.

„Willst du hier Wurzeln schlagen?" Lena kam leichtfüßig von hinten, umfasste ihre Schultern und sah sie von der Seite lächelnd an.

„Äh nein, ich war nur so in Gedanken."

Isabella stand im Bereich der Rezeption, von der aus man Zugang zum Restaurant, dem Spezialitätenladen und zur Lounge hatte. Sie blickte zu Simon hinüber, der auf einem der bequemen Hocker an der Bar saß. Wenn man ihn so sah, konnte man eher vermuten, er sei ein kalifornischer Surfer, aber kein italienischer Eishockeyspieler. Die schulterlangen blonden Haare wellten sich über dem Kragen seines rot-blau karierten Flanellhemdes, das er lässig über einem weißen T-Shirt trug. Dass er ein Sportler war, konnte er nicht verhehlen. Sein ganzer Körper strotzte nur so vor Kraft und Energie.

Im Moment sah er sich suchend in der gut besuchten Lounge um, die man vom Eingangsbereich aus bestens einsehen konnte. Die Wände zwischen den Streben des vollkommen renovierten zweistöckigen Fachwerkgebäudes waren aus Glas.

„Ah, verstehe …“ Lena schmunzelte. „Warum gehst du nicht zu ihm? Hast du Hunger? Such dir einfach was von der Karte aus, ich bringe es dir dann.“

„Mache ich und ja, ich habe Hunger, brauche aber keine Karte.“ Isabella grinste schelmisch. „Zuerst gehe ich schnell zu ihm und dann ziehe ich mich um. Sagst du in der Küche Bescheid, dass ich die Spinatknödel mit den gemischten Pilzen von der Tageskarte möchte? Und bitte ein Wasser dazu.“

„Aber klar, wird erledigt.“

Während Lena Richtung Küche verschwand, näherte sich Isabella Simon von hinten.

„Hi.“ Sie blieb abwartend neben ihm stehen, weil er mit einem Mann sprach, den sie nicht kannte. Vorsichtig berührte sie ihn am Arm, ohne etwas zu sagen.

„Isa!“, drehte er sich zu ihr um, „schön, dass du da bist!“ Er strahlte sie an. „Tja, nun ist sie da …“, raunte er seinem Nachbarn zu.

Sein Gesprächspartner verabschiedete sich.

„Komm, setz dich her." Simon zog sie an der Hand näher und deutete auf den Hocker neben sich.

„Ja gleich, aber ich würde mich erst noch umziehen wollen. Es dauert nicht lange." Sie sah an sich herunter. „Die Kluft ist Weihnachtsmarkt tauglich, aber nicht für hier geeignet. Da gehe ich glatt ein. Du hast keine Ahnung, wie viele Lagen ich darunter trage", lachte sie.

Er ließ seine Augen über das aus wärmendem Stoff gefertigte hochgeschlossene Dirndl, die dicke Trachtenjacke und die derben Wollstrümpfe wandern und blieb am festen Schuhwerk, mit dem man jeden Berg hätte besteigen können, hängen.

„Ah, mit mehreren Lagen kenne ich mich aus", zwinkerte er, „dann beeil dich, ich habe extra mit dem Essen auf dich gewartet. Ich habe Hunger."

„Keine Sorge. Geht mir genauso. Ich bin gleich wieder da. Bestell dir was. Das habe ich schon erledigt."

Im Eiltempo schlüpfte Isabella aus der zünftigen Montur, machte sich frisch, tupfte sich ihren Lieblingsduft hinter die Ohren, pinselte sich ein wenig farblosen Lipgloss auf die Lippen und kämmte sich die Haare. Sie wählte eine knackig sitzende schwarze Röhrenjeans, die ihre sportliche Figur betonte und entschied sich für eine schmale roséfarbene Hemdbluse, die sie leger darüber trug. Dabei war ihr sehr wohl bewusst, dass diese Farbe den Olivton ihrer Haut zum Strahlen brachte.

Heute war genau der richtige Tag für solche Maßnahmen, denn ab sofort wollte sie ihrem Leben eine neue Richtung geben. Schließlich konnte es kein Zufall sein, dass Simon ihr ausgerechnet hier, so fernab ihrer Heimat, über den Weg lief.

In der Tat bekam der den Mund nicht mehr zu, als er sie eine Viertelstunde später in Augenschein nahm.

„Wow ... Isa ... hey, du siehst ja klasse aus!" Simon sprang vom Barhocker und nahm sie spontan in den Arm und drückte sie fest an sich. „Ich denke, wir sollten nach dem Essen noch ein bisschen um die Häuser ziehen. Ich kenne da ein Bar ..."

Isabella löste sich aus der Umarmung und verzog bedauernd das Gesicht.

„Tut mir leid, aber ich glaube, das schaffe ich nicht mehr." Sie rieb sich unbewusst über ihr rechtes Knie und sah an ihm vorbei in die Mitte des Raumes, wo gerade ein Paar einen der kleinen Tische, um die jeweils zwei Clubsessel standen, freimachte.

„Wollen wir uns dort drüben hinsetzen?" Isabella zeigte auf den gemütlichen Platz am Fenster zum Hof und vermied es, Simon anzuschauen. „Da haben wir's bequemer beim Essen."

„Ja klar, warum nicht." Mit dem Getränk in der Hand folgte er ihr und nahm ihr gegenüber Platz.

„Möchtest du drüber reden?" Das Lachen war aus Simons Augen verschwunden. „Ich habe von dem schlimmen Sturz gehört."

Ein Kellner brachte Getränke und Essen.

Isabella entfaltete die Serviette und breitete sie auf ihren Knien aus. Das gab ihr Zeit, über eine Antwort nachzudenken. Zögernd ergriff sie das Besteck und schnitt ein Stückchen vom Spinatknödel ab.

Natürlich wusste er von dem Unfall. Die Bilder waren über alle Fernsehkanäle in die Welt hinausgetragen worden und er als Sportler und als Landsmann hatte es sicher noch eher erfahren, als alle anderen.

„Was möchtest du wissen?" Ruhig sah sie ihn an und konzentrierte sich dann darauf, einen Pilz auf die Gabel zu spießen.

Simon legte das Besteck zur Seite.

„Wir müssen nicht darüber reden. Ich wollte nur nicht, dass du denkst, es interessiert mich nicht. Ehrlich gesagt, weiß ich gar nicht, was ich sagen soll ... es ist so eine schreckliche Geschichte und ..."

„Dann ist es doch viel gescheiter, wir reden über dich", half ihm Isabella über seine Hilflosigkeit hinweg, „über mich gibt's nicht viel zu sagen, außer, dass ich körperlich noch nicht so belastbar bin, wie ich es gern wäre. Aber das wird auch wieder. Ich kriege viel Hilfe. Was ist mit dir? Wolltest du nicht eigentlich längst in der NHL spielen?"

„Hm, ja ... auch nicht gerade das Topthema. Klar ist die NHL immer noch mein großer Traum, das ist richtig, aber es ist nicht ganz so einfach, wie ich mir das anfangs gedacht hatte. Alle Eishockeyspieler träumen davon, dort zu spielen. Die Konkurrenz ist groß. Wenn du nicht schon in der Jugend von denen gescoutet wirst, musst du dich zuerst in der europäischen Liga etablieren. Da bin ich dabei. Deswegen bin ich hier."

„Ja, so ist das mit den Träumen." Isabella stocherte mit der Gabel im Essen, legte dann entschlossen das Besteck zur Seite und lehnte sich im Stuhl zurück. Ob sie es wollte oder nicht: Das Thema ihrer verpatzten Karriere hatte ihr den Appetit verdorben.

Simon, der inzwischen unbeirrt aufgegessen hatte, schob seinen Teller zur Seite und sah verwundert auf ihren.

„Äh, bist du schon satt? Du hast doch kaum etwas gegessen?"

„Ja, bin ich, ich krieg' keinen Bissen mehr runter."

Die wegwerfende Handbewegung, die sie machte, sollte lässig wirken, doch auf ihn wirkte sie eher hilflos.

„Sie geben mir nur noch die Kinderportion." Ihr Lachen klang bitter und erstarb ihr auf den Lippen. „Wenn ich dran denke, welche Portionen ich sonst verputzt habe ..." Sie zuckte mit den Schultern. „Mach dir nichts draus. Es liegt nicht an dir."

„Ich befürchte doch, schließlich habe ich mit dem Thema angefangen. Es tut mir leid ..."

„Lass gut sein! Genau das will ich nicht. Ich will kein Mitleid!" Ihr Blick duldete keinen Widerspruch mehr. „Besser du verrätst mir, wann ich dich endlich mal spielen sehen kann."

Simon schluckte den mitfühlenden Satz, den er auf den Lippen hatte, hinunter und bemühte sich um einen lockeren Ton.

„Wir spielen voll durch. Auch über Weihnachten. Dazu reißen wir unsere ganz normalen Trainingseinheiten ab. Ich schicke dir den Plan per WhatsApp und dann suchst du dir einfach einen Termin aus."

Er strich sich eine lange, gewellte Strähne hinters Ohr, die ihm ständig wieder ins Gesicht fiel.

„Äh, da fällt mir ein ..." Er rieb sich das Kinn, überlegte kurz und beugte sich dann nach vorn. Seine blauen Augen schienen sie beschwören zu wollen. „Wie wär's, wenn sich unser Physiotherapeut mal dein Bein ansieht? Er hat heilende Hände und wird dir sicher guttun. Er kann dir zum Beispiel zeigen, wie du das lange Stehen auf dem Weihnachtsmarkt besser erträgst."

Simon nahm ihre Hand, die locker auf dem Tisch lag. „Isa, du musst ihn kennenlernen. Er ist ein Guru unter den Physiotherapeuten. Glaub mir, so einen kennst du noch nicht. Man kann ihn nicht mit den anderen vergleichen. Er macht seinen Job aus echter Überzeugung … er fühlt sich berufen und das merkt man." Er ließ ihre Hand wieder los.

Isabella antwortete nicht sofort. Sie sah ihn skeptisch an.

„Hm, ich weiß nicht. Eigentlich bin ich austherapiert. Mir wurde gesagt, dass die Schmerzen mit der Zeit nachlassen würden und dass ich, solange es noch nicht so ist, eben langsamer machen soll. Abgesehen davon wüsste ich gar nicht, wie ich den Termin in meinen Tagesablauf einbauen sollte. Mit jedem Tag wird es auf dem Weihnachtsmarkt voller. Es ist zu zweit schon teilweise kaum zu schaffen."

„Ach komm, mach's mir zuliebe. Bitte. Es findet sich immer eine Lösung, wenn man nur will", grinste er sie überzeugt an. „Und ich will mit dir in den Club. Das hab ich dir schon gesagt und da ändert sich auch nichts dran. Ich muss dich doch meinen Kumpels vorstellen", zwinkerte er ihr zu. „Hey, ich will ein bisschen mit dir angeben."

„Mit mir?" Selbst im Licht der schummrigen Beleuchtung der Lounge konnte er sehen, dass sie errötete und wunderte sich darüber.

„Ja, mit dir …"

„Aber heute nicht mehr."

„Nein. Das haben wir doch schon geklärt. Demnächst irgendwann …"

Der Kellner kam und räumte den Tisch ab. Eine Unterbrechung, über die Isabella nicht unglücklich war.

Eine Stunde später verabschiedete sich Simon.

Am nächsten Tag, kurz vor Mittag, klingelte Isabellas Handy.

„Simon, hi …“ Mehr konnte sie nicht sagen, denn dazu ließ er ihr keine Möglichkeit. Während sie seinen Worten lauschte, stand ihr die Verblüffung ins Gesicht geschrieben, was auch Fabienne neugierig machte. Darüber hinaus brachte Isabelles Tonfall sie dazu, interessiert näher zu kommen.

„Jetzt gleich?“, wollte Isabella wissen. „Wie stellst du dir das vor?“ Sie schüttelte den Kopf und verdrehte die Augen. „Ich kann doch nicht einfach so hier weg …“ Wieder wurde sie unterbrochen und hörte ihm dann weiter zu, bis sie rief: „Warte! Ich kläre das.“

Das Handy an den Bauch gepresst, erzählte sie Fabienne in kurzen Worten von Simons Vorschlag.

„… und jetzt soll ich zu dem Physiotherapeuten des Eishockeyteams kommen. Sofort! Der hat ja vielleicht Ideen …“

„Ach, das ist aber nett von ihm. Da musst du hin“, nickte Fabienne energisch. „Meinst du, ich merke nicht, wenn du dir ständig das Bein reibst? Hör auf, dir meinetwegen Gedanken zu machen.“ Sie deutete auf die wenigen Leute, die sich in ihren Gang verirrt hatten. „Es ist doch noch gar nichts los. Bis es hier voller wird, bist du wieder zurück.“

Zehn Minuten später saß Isabella in der Straßenbahn Richtung Eissporthalle. Simon nahm sie vor dem Gebäude in Empfang und brachte sie direkt zu einem gewissen Dirk Heller, *dem* Guru unter den Physiotherapeuten. Isabella versprach sich nicht allzu viel davon. Mit Dilettanten hatte sie es in der Vergangenheit auch nicht gerade zu tun gehabt. Daran bestand kein Zweifel, so gut, wie sie sich inzwischen wieder bewegen konnte.

Dirk Heller erwartete sie bereits in seinem Behandlungsraum. Von den Wänden strahlten ihr die *Kassel Huskies* hinter Glas entgegen. Jede Saison ein Bild. Außerdem diverse Nachweise von Dirks Werdegang: Lehrgänge, Schulungen und Zertifikate. Aha, er war auch Heilpraktiker, deswegen der Guru.

Der Raum war spartanisch eingerichtet. Zwei Liegen, ein Hocker, ein Stuhl und ein kleiner Tisch, auf dem ein Gerät stand, das sie nicht kannte.

Ein hagerer Mann in weißer Hose und Shirt trat ein, der vom Alter her ihr Vater sein konnte. Nahezu lautlos betrat er nach ihnen den Raum.

„Hallo Isabella, ich darf dich doch so nennen, oder?", begrüßte er sie und lächelte sie freundlich an.

„Ja, kein Problem."

„Ich bin Dirk." Er hielt ihr seine kräftige Hand entgegen. „Wir sind hier nicht so förmlich."

Isabella überraschte das nicht, weil es in Sportlerkreisen weitestgehend so üblich war.

„Ich lasse euch dann jetzt mal allein." Simon zwinkerte ihr zu und nickte in Dirks Richtung, bevor er ging.

„Simon hat mir von dem Unfall erzählt", begann Dirk das Gespräch und nahm ihr den Mantel ab. Er wies sie mit einem Fingerzeig an, auf dem Stuhl Platz zu nehmen. Dann nahm er den Hocker und setzte sich vor sie.

„Willst du mir erzählen, welche Therapien du bislang durchlaufen hast?"

Isabella zählte alle Behandlungsmethoden auf, mit denen sie während des Klinikaufenthaltes und auch während der Reha therapiert worden war und wunderte sich, wie nüchtern sie darüber reden konnte. Wahrscheinlich lag es an Dirks ruhiger und besonnener Art. Er hörte nur zu, verzog keine Miene, sondern blieb gefasst, so, als würden sie über den letzten Urlaub sprechen.

„... eigentlich müsste ich jetzt austherapiert sein. Das meinte zumindest mein behandelnder Arzt", erklärte sie abschließend.

„Davon bin ich überzeugt", nickte Dirk und deutete ihr an, sich auf die Liege zu legen. „Was ich jetzt mache, steht dem nicht im Wege. Es handelt sich tatsächlich um einen anderen ganzheitlichen Behandlungsansatz, der in der Schulmedizin aus meiner Sicht leider immer noch etwas zu kurz kommt. Aber ich schlage vor, wir unterhalten uns darüber, wenn ich dich behandelt habe. Allerdings wird einmal nicht reichen. Wäre das ein Problem für dich?"

„Nein nein, es ist nur – ich bin in Deutschland nicht krankenversichert ..."

„Keine Sorge", lächelte Dirk sie entwaffnend an, „darüber werden wir uns sicherlich einig. Aber nun leg dich hin, damit ich anfangen kann."

Isabella nestelte an ihrer Trachtenstrickjacke. „Muss ich mich nicht ausziehen?"

„Nein, es reicht, wenn ich an deinen Kopf komme."

Dirk setzte ihr eine Brille auf, die an eine Sonnenbrille erinnerte, und schaltete den Apparat ein, den sie bereits auf dem Tisch hatte stehen sehen. Ein tiefes

Brummen ertönte. Gleich darauf spürte sie, wie er ein stiftähnliches Gerät an ihr Ohrläppchen hielt.

„Ich stimuliere damit Akupunkturpunkte", erklärte er ihr, „beim nächsten Mal können wir darüber sprechen, wie es dir nach der Behandlung ergangen ist. Vertrau mir, du wirst den Unterschied bemerken."

Dirk arbeitete sich an den Akupunkturpunkten beider Ohren entlang. Außerdem entspannte er ihren Kiefer, dass es nur so knackte. Sie war beeindruckt. Die Behandlung war nicht ganz schmerzfrei, aber das Ergebnis fühlte sich sehr gut an. Besonders deshalb, weil sie das Gefühl hatte, ihr Körper sei von einer unsichtbaren Klammer befreit worden.

Sie verabschiedete sich von Dirk und versprach, wiederzukommen.

***

Zur gleichen Zeit starrte Konstantin frustriert auf den Stapel unerledigter Post, die sich auf seinem Schreibtisch türmte. Wie sollte er den Wust von Schriftverkehr in der knappen Zeit, die ihm für die Büroarbeit täglich blieb, abarbeiten? Regulär brauchte er dafür bis zu fünf Stunden – und das Tag für Tag – von den Neuanträgen, Einsprüchen und Beschwerden ganz zu schweigen, die noch dazukamen. Eigentlich sollte Felix das Wichtigste davon übernehmen, doch der hatte selbst gerade alle Hände voll zu tun, weil seine Frau im Wochenbett lag und sich schließlich jemand um Yannik kümmern musste. Natürlich hatte Konstantin dafür Verständnis, aber auch er konnte sich nicht zerteilen.

In den vier Wochen Weihnachtsmarkt wird ja wohl nicht die Welt untergehen, wenn Sie mal das eine oder andere liegen lassen und etwas später bearbeiten. Weihnachten steht vor der Tür. Da haben die Leute nur noch die Weihnachtsgans und Geschenke im Kopf, kamen Konstantin die Worte seines Chefs wieder in den Sinn. Als wenn er ihm das Chaos nicht vorhergesagt hätte. Wenn's um das Weihnachtsfest ginge, hatte sein Boss weiter palavert, tickten die Leute anders.

Zu *den Leuten* gehörte er ganz sicher nicht, befand Konstantin. Und Weihnachten konnte ihm in diesem Jahr sowieso gestohlen bleiben.

Das Telefon stoppte seine wütenden Gedanken.

„Müller hier! Ist ja zu nett, dass man bei Ihnen mal jemand an die Strippe kriegt. Arbeiten Sie eigentlich noch oder feiern Sie nur noch eine Weihnachtsfeier nach der anderen? Es ist ja nicht zu glauben! Und das alles auf unsere Kosten. Beamter müsste man sein ...“

Konstantin atmete tief ein und hielt den Hörer in die Luft. Verständigungsprobleme gab es trotzdem nicht. Müller glaubte wahrscheinlich, er müsse die Entfernung zwischen ihnen mit Lautstärke wettmachen. Argumentieren brachte dabei wenig. Die Zeiten, in denen er sich für mangelndes Personal, schlechte Technik und neue, unausgereifte Anwenderprogramme entschuldigt hatte, gehörten definitiv der Vergangenheit an. Die Leute glaubten sowieso nur das, was sie glauben wollten. Müller war nicht der erste und einzige Bürger, der die Annahme vertrat, dass Bedienstete im öffentlichen Dienst ihre Zeit lediglich mit Kaffeetrinken und Zeitunglesen verbrachten.

„Herr Müller, was kann ich für Sie tun?“, nahm Konstantin den ersten Anlauf, die Tirade zu durchbrechen. Deeskalation hieß das Zauberwort.

„Das fragen Sie noch?" Der ältere Mann am anderen Ende klang kein bisschen versöhnlicher. „Sagen Sie nur, Sie haben meinen Brief noch nicht gelesen? Das darf doch nicht wahr sein! Den habe ich Ihnen schon vor vierzehn Tagen geschickt. Das ist dringend!!!", schrie er. „Verstehen Sie überhaupt, was *das* bedeutet? Was glauben Sie, warum ich seit einer geschlagenen Woche versuche, bei Ihnen durchzukommen? Ich brauche diese Baugenehmigung. Und zwar unbedingt! Die Handwerker stehen in den Startlöchern. Und ich will sie nicht ohne die Genehmigung anfangen lassen. Zeit zu warten, haben die aber auch nicht. Ich will hinterher nicht alles wieder abreißen müssen. Wissen Sie eigentlich, wovon ich rede?" Konstantin starrte auf den Berg ungelesener Post und schluckte.

Scheiße!

„Ja, natürlich weiß ich, wovon Sie sprechen, Herr Müller. Kann ich Sie in einer Viertelstunde zurückrufen? Ohne Akte ist es schwer, etwas dazu zu sagen und die muss ich mir erst holen und kurz drüberschauen. Ich bin sicher, dass wir dann eine Lösung finden, aber ..."

„Gut, wie Sie wollen, aber wenn Sie nicht zurückrufen, werde ich mich über Sie beschweren. Darauf können Sie sich verlassen. Es ist eine Sauerei, was Sie mit uns steuerzahlenden Bürgern treiben. Eine himmelschreiende Schande ist das! Mir reicht's!"

„Ja, ich verstehe Sie ja. Beruhigen Sie sich. Ich kümmere mich umgehend darum. Geben Sie mir bitte nur etwas Zeit. Sagen wir, zwanzig Minuten und dann melde ich mich. Okay?"

Nachdem er den Hörer aufgelegt hatte, zog er sich den fürs Büro viel zu warmen Pulli über den Kopf und krempelte die Ärmel vom Hemd hoch. Zeit, wütend zu sein, blieb ihm nicht. Wie ein Besessener arbeitete er sich durch den Stapel Papiere und fand das Schreiben – natürlich, wie sollte es auch anders sein – ganz weit unten. Mein Gott, wer baute denn um diese Jahreszeit eine Gartenhütte mit solchen Ausmaßen, dass man eine Genehmigung dafür brauchte?

In Gottes Namen. Dann soll er seine Baugenehmigung kriegen.

Normalerweise störte es ihn nicht im Geringsten, wenn die Leute die abenteuerlichsten Bauanträge stellten. Aber heute schon.

Er sah auf die Uhr und griff zum Hörer. Wenn er nur nicht ständig das widerliche Gefühl im Nacken verspürte, irgendwo zu spät zu kommen. Normalerweise lief er um diese Tageszeit längst auf dem Weihnachtsmarkt Patrouille. Und es gab immer irgendeinen Krüger, der glaubte, verrücktspielen zu müssen, weil ihm die Nase seines Nachbarn nicht passte. Aber ehrlicherweise zog es ihn auch unbändig zum Südtiroler Stand hin. Beinahe so, als säße dort ein unsichtbarer Magnet. Verdammt und zugenäht! Das war doch sowieso alles sinnlos.

Sechs

„Und? Wie fühlst du dich?" Simon kam Isabella entgegen und sah sie abwartend an.

„Oh, du stellst Fragen. Das weiß ich noch nicht so richtig. Irgendwie fühlt es sich angenehm an. Deshalb habe ich einen neuen Termin mit Dirk gemacht. Von einem Mal lässt sich der Erfolg einer Behandlung noch nicht beurteilen, meinte er."

„Ich wusste, dass es dir guttun würde."

Simon klang ein bisschen selbstgefällig, fand Isabella, aber sie sah es ihm nach, weil sie von Dirks Behandlungsmethode wirklich beeindruckt war.

„Habe ich dir das nicht gleich gesagt? Auch wenn du das heute noch nicht beurteilen kannst, spätestens nach dem dritten Mal wirst du sehen, dass ich dir nicht zu viel versprochen habe." Simon deutete auf eine der Türen, die nach oben führten und ging los. „Komm, ich zeige dir jetzt die Halle." Er drehte sich kurz zu ihr um. „Du hast doch noch einen Moment, oder?"

„Ja, ein paar Minuten schon." Sie warf einen Blick auf ihre Armbanduhr. „Aber dann muss ich mich sputen. Am Nachmittag wird es auf dem Weihnachtsmarkt voll. Da kann ich Fabienne nicht allein lassen."

Er blieb abrupt stehen und schlang einen Arm um ihre Schulter, so als wären sie schon immer die dicksten Freunde gewesen. „Nur keinen Stress Isa, du kommst schon noch rechtzeitig zum Stand."

Zuerst führte er sie in die VIP-Lounge, von der aus man einen komfortablen Blick auf die Eisfläche sowie auf die Tribünen hatte und dann in den Gastronomiebereich. Ganz neu waren diese Eindrücke für Isabella nicht. Eigentlich sahen alle Sportarenen ähnlich aus.

„Magst du noch einen Kaffee mit mir trinken?"

„Oh ja", rief sie begeistert, als sie den hochprofessionellen Kaffeeautomaten sah, „für einen guten Kaffee lasse ich alles stehen und liegen."

„Tja, so sind sie, die Italiener", zuckte er mit den Schultern, „geht mir genauso. Mach uns mal zwei Café Crema", rief er dem Wirt hinter dem Tresen zu und stellte sich zu ihr an einen der Stehtische, die vor der Bar positioniert waren.

„Du tust gerade so, als wenn du keiner wärst ... obwohl", sie maß ihn von oben bis unten, „wenn man dich so ansieht, könnte man dich eher für einen kalifornischen Surfer als für einen Südtiroler Eishockeyspieler halten." Sie fixierte die Bändchen, die er um das linke Handgelenk trug.

„Komisch, dass du das sagst", grinste er selbstzufrieden, „das kriege ich ständig zu hören. Dabei bin ich nicht der einzige Spieler in der Liga, der lange Haare hat."

„Das allein ist es nicht ..."

„Übrigens will ich im kommenden Sommer in die USA. Da ist es doch gar nicht so schlecht, wenn ich da nicht so als Ausländer auffalle, oder?"

„Ah, Urlaub oder ..."

„Ja, so in etwa." Der Wirt stellte den Kaffee vor ihnen ab.

„Danke", nickte Isabella dem Wirt freundlich zu und riss das Zuckertütchen auf.

„Es wird Zeit, dass ich mich dort mal ein bisschen bekannt mache", redete Simon unverdrossen weiter und schüttete sich etwas Milch ein. „Ich plane eine Art NHL-Städtetrip", lachte er und bekam einen träumerischen Ausdruck in die Augen. „Allein nur die Vorstellung, irgendwann mal in so einem gigantischen Stadion spielen zu können, ist sowas von geil! Dagegen ist das hier", er zeigte in Richtung Eisfläche und Tribünen, „echt nur Pillepalle, verstehst du?"

„Hm ... ja schon, nur ..."

„Aber vielleicht kommt ja alles auch ganz anders", ging er über ihren Versuch hinweg, sich am Gespräch zu beteiligen, „es kann aber auch genauso gut sein, dass ich in die italienische Nationalmannschaft berufen werde. Ich hatte da vor kurzem ein echt gutes Gespräch mit dem Trainer."

Isabella schluckte und stellte die leere Tasse vor sich ab. Das Wort Nationalmannschaft löste in ihr eine Welle von Trauer aus, die sich mit dem Verstand nicht bändigen ließ. Zu viel hatte sie aufgeben müssen. Schnell warf sie einen Blick auf ihre Uhr. „Ich muss jetzt los."

„Ja, gleich bringe ich dich zur Straßenbahn. Die fährt alle Viertelstunde. Aber was ich dir noch sagen wollte ..."

Simon bemerkte nicht, wie sich Isabella die Hand auf den Magen drückte und auch nicht, wie sie sich von ihm abwandte. „Was hältst du davon", redete er aufgeregt weiter, „wenn du mich in die USA begleiten würdest. Also natürlich nur, falls das mit der

Nationalmannschaft nix wird. Das wäre doch cool. Du hast doch jetzt viel mehr Zeit und ich finde, wir sollten ..." Er ging um sie herum und stellte sich ihr in den Weg. „Bis dahin geht's dir garantiert wieder besser. Da bin ich sicher." Das verheißungsvolle Lächeln, das er ihr jetzt schenkte, kam bei Isabella nicht an. Für eine derartige Botschaft war sie in diesem Moment überhaupt nicht empfänglich.

„Simon, bitte. Wir können ein andermal weiterreden. Ich muss jetzt los."

Entschlossen schnappte sie sich ihren Mantel, den sie auf einem Hocker abgelegt hatte und schlüpfte hinein. Während sie den Reißverschluss zuzog, ging sie unaufhaltsam los.

„Okay, Isa-Bella", er betonte das Wort unmissverständlich, „wir sehen uns entweder bei deinem Cousin im Restaurant oder hier, wenn du zu Dirk kommst."

In einer blitzschnellen Bewegung zog er sie an sich, drückte ihr einen Kuss auf den Mund und lachte sie danach siegessicher an. Isabella war so perplex, dass sie kein Wort herausbrachte. Sie hob nur noch die Hand zum Abschiedsgruß und lief zur Straßenbahn.

Am Abend, als sie müde und erschöpft im Bett lag, klingelte das Handy. Sie schaltete den Fernseher stumm.

„Hallo, mein Kind", meldete sich ihre Mutter. „Ich muss doch mal hören, wie es dir geht. Du meldest dich ja gar nicht."

Isabella bekam ein schlechtes Gewissen. Es war tatsächlich über eine Woche her, seitdem sie das letzte Mal miteinander telefoniert hatten.

„Tut mir leid, Mami. Das ist wirklich keine Absicht. Seit dieser Woche ist hier so viel los, dass ich kaum zum Nachdenken komme. Und jetzt stehen auch noch die Weihnachtsfeiern an. Max, äh, Alois, – du weißt ja, dass ihn hier alle nur Max nennen – hat mich gefragt, ob ich da nicht auch noch ein bisschen beim Bedienen aushelfen kann … oh, ich sag' dir, die Lena und der Max können sich im Moment vor Arbeit kaum retten.“

„Mir ist nur wichtig, dass es dir bei allem gutgeht. Schmerzt dein Bein vom vielen Stehen und Laufen nicht zu sehr?“

„Nein. Das ist wirklich okay. Mir geht's gut. Mach dir keine Sorgen. Aber du wirst nicht glauben, wen ich hier in Kassel getroffen habe. Das ahnst du nicht.“

„Na, jetzt machst du mich aber neugierig.“

„Simon Landauer. Erinnerst du dich noch an ihn? Er war doch mit mir im Internat.“

„Aber natürlich! Wo denkst du hin? Du hast so für ihn geschwärmt, den kann ich doch gar nicht vergessen.“

„War das so offensichtlich? Das war mir gar nicht so bewusst …

„Ach Schatz, wart's ab, bis du selbst Mutter bist, dann wirst du auch merken, wenn dein Kind sich das erste Mal verliebt“, lachte sie. „Aber erzähl mir lieber, wo du ihn getroffen hast.“

„Na, wo soll ich ihn schon getroffen haben? Auf dem Weihnachtsmarkt.“

Isabella erzählte ihrer Mutter von Simon, wie er jetzt aussah und wo er spielte. Sie ließ auch den Physiotherapeuten und die Einladung nach Amerika nicht aus.“

„Na, dann ist ja ordentlich was los bei dir. Das freut mich. Du klingst auch schon wieder viel optimistischer.

Gott, was bin ich froh, ich habe mir solche Sorgen gemacht. Moment mal, beinahe hätte ich ganz vergessen, dir zu sagen, dass wir, seitdem du die Flyer verteilst, ungeheuer viele Anrufe und Buchungen für die nächste Saison haben. Das ist wirklich unglaublich."

„Oh, echt? Das ist ja super. Ach Mami, es macht mir so viel Freude mit den Leuten. Egal, ob am Weihnachtsmarkt oder wenn ich Max ein bisschen im Lokal helfe. Die sind auch alle so nett zu mir."

„Na, das liegt auch daran, dass du nett bist ... aber Kind, wenn dir die Arbeit so viel Freude macht, willst du denn dann nicht vielleicht eine Ausbildung in dem Bereich machen? Ach du meine Güte, da fällt mir in dem Zusammenhang noch was ein ... der Hof vom alten Gruber wird verkauft. Wir überlegen, ihn zu kaufen. Und wenn du im Hotelfach einsteigen würdest, dann lohnte sich das erst recht. Das wären gleich noch mal zwanzig Betten mehr."

„Tut mir leid, Mami, aber das kann ich dir noch nicht versprechen. Gib mir noch ein bisschen Zeit. Ich denke drüber nach."

Sieben

Die nächsten Tage vergingen wie im Flug. Den frühen Morgen verbrachte Konstantin genauso im Büro wie die späten Nachmittags- und die Abendstunden. Nur so war es möglich, der Flut von Einsprüchen, Fristverlängerungen und Neuanträgen Herr zu werden, ganz zu schweigen von der Post, die sich bereits angesammelt hatte und die keinen Aufschub mehr duldete. Sein völlig übermüdeter und erschöpfter Kollege Felix konnte ihm dabei nur wenig behilflich sein. Der junge Vater hatte alle Hände voll zu tun, seine Frau zu unterstützen, die daheim allein mit Kleinkind und Säugling an ihre körperlichen Grenzen stieß. Denn der weibliche Neuzuwachs im Hause Brendel schrie sich Nacht für Nacht, von Koliken geplagt, die Lunge aus dem Hals und ließ keine Nachtruhe aufkommen.

Zwischen der Büroarbeit patrouillierte Konstantin im Eiltempo über den Weihnachtsmarkt. Dabei freute ihn, dass ihn die Standbetreiber endlich in seiner Funktion akzeptierten und respektierten. Selbst Krüger, der nach dem kleinen Unfall und ein paar Tagen Auszeit danach wieder regelmäßig hinter der Auslage seiner Messertheke thronte, schien nun endlich Ruhe zu geben.

Doch Konstantins Lichtblick bei jedem Rundgang über den Weihnachtsmarkt waren die beiden Mädels vom Südtiroler Stand. Und ganz besonders der Anblick der bezaubernden Isabella. Sie faszinierte ihn kolossal. Dennoch machte er sich wenig Hoffnung, sie näher kennenlernen zu können. Die Umstände waren einfach zu ungünstig. Täglich steigerten sich die Besucherzahlen und ließen kaum mehr als eine Begrüßung zu. Auch hatte er nicht den Eindruck, dass sie sonderliches Interesse an ihm zeigte. Dann würde sie sich anders verhalten. Außerdem hielt sie ihn ohnehin für einen glücklichen Familienvater. Jeder Versuch, den Irrtum auszuräumen, konnte nur in der Lächerlichkeit enden. Nein, es reichte ihm, dass er sie wenigstens einmal am Tag sah. Und wenn sie ihn dann auch noch freundlich grüßte, was sie eigentlich immer tat, war sein Tag gerettet. Er wusste selbst, wie armselig das klang, doch im Moment war sie der einzige Lichtblick, der ihm half, einigermaßen glimpflich durch die verfluchte Weihnachtszeit zu kommen. Ihr Anblick versüßte ihm die trostlosen und mit Arbeit randvollen Tage, mehr als jeder Zimtstern es vermochte.

In diesem Tempo neigte sich auch die zweite Dezemberwoche dem Ende zu. Es war Donnerstagabend, kurz vor sieben, und Konstantin saß noch immer im Büro und tütete die letzten Antwortschreiben ein. Als das Diensthandy in die Stille schrillte, die er, während der frühen und späten Büroaufenthalte sehr zu schätzen wusste, schreckte er auf. Wer rief denn jetzt noch im Büro an?

Felix.

„Hi", begrüßte er seinen Kollegen mit wenig Elan, „alles klar bei euch? Du brauchst morgen frei, was? Oder warum rufst du an?"

„Nein, deswegen rufe ich nicht an. Wenn's danach ginge, bräuchte ich die nächsten zehn Wochen frei. Ich kann mir aber nicht vorstellen, dass du davon begeistert wärst. Es ist ja auch so schon eine Zumutung für dich."

„Lass gut sein", gähnte Konstantin in den Hörer und rieb sich den Nacken, „red nicht lange um den heißen Brei rum. Es ist kurz vor sieben und ich muss gleich ausstempeln. Vorher will ich aber noch die Post eingetütet haben, damit sie morgen rausgehen kann. Da sind ein paar dringende Sachen dabei. Also, was ist jetzt?"

„Du bist mir vielleicht ein Held!", lachte Felix, doch es klang nicht lustig. „Hast du mal einen Blick auf den Kalender geworfen?"

„Mach ich ständig. Und was soll sein, außer dass Weihnachten jeden Tag ein bisschen näher rückt? Das weiß ich selber." Unbeirrt fuhr Konstantin damit fort, die bereits gefalteten Anschreiben in die Umschläge zu stecken.

„Prima. Hörst du mir überhaupt zu, wenn ich dir was erzähle?"

„Wieso? Na klar. Was ..."

„Sieht aber nicht so aus. Ich habe dir doch gestern erzählt, dass ich das ganze Zeug – ich rede von den Geschenken, die du in den letzten vierzehn Tagen von den Standbetreibern angeschleppt hast – fürs Wichteln hab' einpacken lassen."

„Wer hat was eingepackt?"

„Na, die Mädels aus der Servicestelle. Die haben das echt gut gemacht."

„Äh, ja ... nee ... ach, ich weiß gar nichts mehr. Mir geht so viel durch den Kopf."

„Schon klar. Deshalb denke ich ja für dich mit. Du könntest mich ruhig mal loben. Was glaubst du, warum ich dich anrufe? Ich rette dir grade den Arsch. Zwei

Stichworte werden dir sicher reichen, zu checken, was ich dir mit dem Weckruf hier sagen will. Also: Es betrifft unsere Abteilung, genauso wie die vom Gartenbauamt! Dämmert dir jetzt vielleicht, was los ist?"

Einen Moment herrschte Stille.

„Oh nein!" Konstantin fand die Markierung auf dem Wandkalender sofort. Das Datum vom heutigen Tag war dick mit gelber Farbe eingekringelt.

„Scheiße", stöhnte er theatralisch, „das hab ich ja total vergessen. Die Abteilungsweihnachtsfeier!"

„Bravo Kollege, bei dir ist doch noch was zu retten. Um acht geht's los. Schwing die Hufe, Mann, es gibt lecker Essen. Ich habe mir für heute auch eine Auszeit gegönnt. Lauras Mutter ist zu Besuch. Du hast keine Ahnung, wie froh ich bin, mal zu Hause rauszukommen. Ich stehe kurz vor einem Hüttenkoller, auch wenn ich zwischendrin ins Büro darf."

Konstantin schüttelte verzweifelt den Kopf. So müde und erschöpft wie er war, sehnte er sich nur noch nach der Couch, dem Fernseher und seinem Bett. Auf gar keinen Fall stand ihm der Sinn nach einer Feier mit Kollegen, noch dazu einer Weihnachtsfeier.

„Denk erst gar nicht drüber nach", hörte er Felix auf der anderen Seite feixen, „aus der Nummer kommst du nicht raus. Erstens hast du dir schon vor zwei Monaten die Gänsekeule mit Rotkraut auf der Menüliste, die Prausel hat rumgehen lassen, ausgesucht und außerdem ... vielleicht motiviert dich ja, was mir zu Ohren gekommen ist?"

Konstantin konnte buchstäblich sehen, wie Felix grinste.

„Jetzt mach's nicht so spannend. Ich muss die Post noch einwerfen. Was soll mich motivieren?“

„Du weißt doch, dass unser Chef eine neue Sekretärin hat. Ich hoffe, wenigstens *das* hast du aufm Schirm. Mensch, die kann man gar nicht übersehen ... und jetzt rate mal, was mir die kleene Richter gesteckt hat?“

„Unsere Azubine?“

„Genau die.“

„Und was hat sie dir gesteckt? Mannomann, muss man dir denn jedes Wort aus der Nase ziehen?“

Konstantin packte alle Briefe der Größe nach auf einen Stapel, schaltete PC und Schreibtischleuchte aus und schnappte sich die komplette Post, bevor er mit Mantel und Tasche den Raum verließ.

„Die steht auf dich.“

„Unsere Azubine?“

„Nein“, stöhnte Felix, „natürlich nicht. Die ist doch viel zu jung für dich. Die Neue vom Chef. Sie heißt Madelaine Neumann.“

„Aha.“

„Mehr hast du dazu nicht zu sagen. Seit Monaten jammerst du mir die Ohren voll, dass du wieder eine Frau in deinem Leben haben willst und dann so eine Reaktion – *aha*. Na, dann kann's ja so dringend nicht sein.“

„Was ist denn an – *aha*– so falsch? Ich kenne sie ja nicht mal, weiß überhaupt nicht, von wem du redest.“

Konstantin warf die Post in den dafür vorgesehen Behälter, lief die menschenleeren Gänge entlang und ließ schließlich die Gebäudetür hinter sich zufallen.

Draußen empfing ihn ein nasskalter Wind. Mit tief in die Stirn gezogener Mütze stülpte er den Kragen hoch und machte sich auf zur Straßenbahnhaltestelle.

„Wart's ab, wenn du sie nachher siehst, dann kannst du dich auch wieder erinnern. Du hast sie schon gesehen. Da bin ich mir sicher. Und jetzt gib Gas. Ich halte dir einen Platz neben mir frei."

Und Konstantin gab Gas. Das half ihm, die über den Tag verloren gegangenen Lebensgeister wieder zu wecken. Egal wie, den Abend würde er schon überstehen. Sein Magen stimmte dem Gedanken mit einem Knurren zu, der einzige Grund, warum er der Abteilungsweihnachtsfeier etwas Positives abgewinnen konnte: die Aussicht auf gutes Essen. Er hatte seit dem Mittag nichts mehr gegessen und die Tatsache, dass er bald etwas Warmes in den Bauch bekommen würde, stimmte ihn friedlicher.

Ein Blick auf die Uhr trieb ihn an. Eilig hastete er die kurze Strecke von der Bushaltestelle zum vereinbarten Lokal, denn er war spät dran. Inzwischen zeigte der Uhrzeiger auf Viertel nach acht. Holla, er sollte längst neben Felix sitzen. Ihm fiel die Weihnachtsfeier vom letzten Jahr wieder ein und er wusste genau, dass Prausel, der Abteilungsleiter, jetzt seine berühmt-berüchtigte Rede hielt, schwulstig und langatmig. Dafür war er im ganzen Haus gefürchtet. Die Erinnerung daran reichte Konstantin, seine Schritte sofort zu verlangsamen.

Der Parkplatz vor dem Brunnenhof, so hieß das Lokal, in dem in diesem Jahr die Weihnachtsfeier stattfand, war bis auf den letzten Platz belegt. Konstantin fand das alte Fachwerkgebäude äußerst beeindruckend. Tatsächlich beherrschte ein mächtiger alter Steinbrunnen den Innenhof. Schon von Berufs wegen waren Gebäude jeglicher Art für ihn interessant.

Besonders Häuser mit Geschichte hatten es ihm angetan. Doch dieses hier war sehr geschickt renoviert und erneuert worden. Moderne Glaselemente unterstrichen den Charme des Alten sehr gekonnt. Durch den offensichtlich neu geschaffenen gläsernen Eingangsbereich drang viel warmes Licht auf den Hof. Damit wirkte der alte Baumbestand samt Brunnen sehr romantisch. Lichterketten, die in den kahlen Ästen verteilt hingen, zauberten zusätzliche Lichtpunkte.

Konstantin betrat den Eingangsbereich. Die gelungene Architektur faszinierte ihn. Fachwerkstreben, deren einstige Lehmeinsätze durch Glas ersetzt worden waren, ließen den Blick auf die Lounge zu, durch die man zur Rezeption und zum Restaurant gelangen konnte. Ob nach oben zu den Zimmern oder nach unten zu den Toiletten oder zum Saal und dem Spezialitätenladen – von diesem Punkt aus kam man in alle Bereiche. Einfach genial gelöst, dachte Konstantin und rätselte, welche Richtung er nun einschlagen sollte.

Sein Blick erfasste die Auslagen des geschmackvoll dekorierten Ladens. Prompt fiel ihm der Südtiroler Stand vom Weihnachtsmarkt ein. Bildete er sich das nur ein oder ähnelte die weihnachtliche Dekoration der dortigen wirklich so sehr?

Als wenn das während der Weihnachtszeit etwas besonders wäre, machte er sich über sich selbst lustig. Tannengrün, rot-gold-kariert, Strohsterne und funkelnde Lichter, wohin man sah. War es nicht überall dasselbe?

Eine bildhübsche Rothaarige, die ganz klar zum Personal gehörte, hatte wohl bemerkt, wie unschlüssig er dastand und begrüßte ihn. Ein weiterer Pluspunkt für den Abend. Sie zeigte ihm, wo er Mantel und Schal aufhängen konnte und bot ihm an, ihn zu seinen Kollegen zu bringen, nachdem er ihr erzählt hatte, dass er zur Weihnachtsfeier des Bauamtes wollte.

Abgesehen davon, dass der Eingangsbereich in so viele Richtungen wies, war er auch noch voller Menschen. Immer einen Gruß auf den Lippen, führte sie ihn durch die Lounge, bugsierte ihn vorbei an unbeschwert wirkenden Leuten sowie kommenden und gehenden Gästen zu einem festlich geschmückten Saal, wo er seine Kollegen, an einer langen Tafel sitzend, ausmachte.

Wie er bereits vermutet hatte, lauschten sie mit gesenkten Köpfen Prausels blumenreichen Worten. Der ignorierte dabei völlig, dass seine Untertanen nur vorgaben, ihm zuzuhören. Vielmehr beschäftigten sie sich unterhalb der Tischkante mit dem Handy.

Konstantin schlich um Prausel herum und klopfte andeutungsweise zur Begrüßung auf die Tischplatte. Trotzdem erntete er einen tadelnden Blick vom Chef. Das Grinsen darüber konnte Konstantin sich allerdings nur mühsam verkneifen, was den meisten Kollegen am Tisch ähnlich erging.

Felix, der in der Mitte der Tafel mit dem Rücken zur Wand saß, klopfte auf den Stuhl neben sich. Mit Blick auf den Saal schlängelte sich Konstantin zwischen Stuhlrücken und Wand zu Felix und setzte sich.

Während Konstantin pflichtschuldig Prausels Worten lauschte und den einen oder anderen wortlos in die Runde grüßte, fühlte er sich beobachtet. Ihm gegenüber saß eine hübsche Blondine, die ihn diskret musterte und verschämt wegschaute, als er sie direkt ansah. Und plötzlich erinnerte er sich wieder. Natürlich hatte er sie schon mal gesehen. An dem Tag, als Jandrey ihm die Sache mit dem Weihnachtsmarkt verklickert hatte. Aha, sie war also die Chefsekretärin, die angeblich auf ihn stand.

„Wird auch Zeit, dass du endlich kommst", raunte ihm Felix ins Ohr. „Es gibt gleich Essen. Was willst du trinken?"

„Ich nehme ein Bier, ich bin nämlich mit dem Bus da", schmunzelte Konstantin und hielt Ausschau nach der Bedienung. Bei der Gelegenheit registrierte er, wie groß der Raum tatsächlich war. Ohne dass er das beeinflussen konnte, entstanden in seinem Kopf Bilder vom Grundriss des Gebäudes und er kombinierte das, was er bereits gesehen hatte, zog daraus logische Schlussfolgerungen und sah die bautechnische Zeichnung regelrecht auf dem Reißbrett vor sich. Dass außerdem noch zwei weitere betriebliche Weihnachtsfeiern im Saal stattfanden und drei weibliche Bedienungen geschäftig umherliefen, bekam er erst auf den dritten Blick mit.

Und genau der war es auch, der ihn in die Gegenwart zurückholte. Wie vom Donner gerührt, glaubte er, seinen Augen nicht trauen zu können. Denn auch, wenn sie völlig anders angezogen war als sonst ... die Bedienung war niemand Geringeres als die schöne Isabella vom Südtiroler Stand. Mein Gott, ohne Tracht und Zöpfe sah sie noch schärfer aus. Er würde sie überall wiedererkennen. Genau wie die attraktive Rothaarige, die ihn hereingeleitet hatte, trug sie zur schwarzen, eng anliegenden Hose eine Kombination aus weißer langärmliger Hemdbluse mit anthrazitfarbener Weste. Die lange dunkelrote Schürze rundete das Bild perfekt ab. Was er im Dirndl mit dicker Strickjacke bislang nur erahnen konnte, wurde nun zur Gewissheit. Mit der Figur würde sie jeden Mann ins Schwitzen bringen.

„Wir hätten gerne noch ein Bier, ein großes", rief Felix Isabella zu und rempelte Konstantin in die Seite. „Na, wärst du bei den Aussichten wirklich lieber daheim auf der Couch geblieben?"

„Hallo", rief Isabella ihm über den Kopf der Chefsekretärin hinweg zu, hinter der sie jetzt stand und den Block zückte. „Das ist ja ein Zufall, dass wir uns hier wiedersehen! Das Bier bringe ich sofort und das Essen kommt auch gleich." Sie blickte in die Runde. „Bitte räumen Sie den Tisch frei."

Noch immer perplex, schaute Konstantin ihr hinterher, als sie zur Theke eilte. Erst jetzt bemerkte er das Wichtelgeschenk, das vor ihm, wie auch vor allen anderen, stand. Dabei nahm er den irritierten Blick der Sekretärin wahr, ihren Namen hatte er schon wieder vergessen, und überlegte, wie er sich ihr gegenüber verhalten sollte.

Small Talk?

Doch die Frage nach Small Talk erübrigte sich, als gleich mehrere Bedienungen hereinströmten und das Essen auftrugen. Nun wunderte ihn auch nicht mehr, Isabellas blonde Kollegin vom Südtiroler Stand darunter auszumachen. Sie bediente den langen Tisch nebenan. Der Raum war von Geschirrgeklapper, Gelächter und Gesprächsfetzen erfüllt. Von der weihnachtlichen Hintergrundmusik war kaum etwas zu hören, ganz zu schweigen von dem, was der Nachbar in die andere Richtung sprach. Konstantin spürte die erwartungsvollen Blicke der blonden Chefsekretärin auf sich. Mist, warum musste sie ihm auch ausgerechnet gegenüber sitzen?

Mit einem schiefen Lächeln sah er sie an und zuckte hilflos mit den Schultern. Auf Anhieb strahlte sie zurück. Ihre Augen blitzten. Konstantin wusste noch nicht so recht, ob er sich über ihr Interesse freuen sollte. Ihr Übereifer bereitete ihm eher Unbehagen.

„Wie viele Biere brauchst du, Isa?", wollte Mirko wissen, der an diesem Abend aushilfsweise gemeinsam mit Rainer, Lenas Vater, den Thekendienst im Brunnenhof übernommen hatte. Er kannte das Lokal so gut wie seine Westentasche, weil er während seiner Ausbildung zum Industriekaufmann so oft ausgeholfen hatte, dass er praktisch zum Personal gehörte. Anfangs beinahe jedes Wochenende, doch jetzt nur noch, wenn es im Brunnenhof drunter und drüber ging. Und das war heute, wo sämtliche Tische des Restaurants belegt waren und im Saal zusätzlich noch drei Weihnachtsfeiern stattfanden, definitiv der Fall. Auch Fabienne, die er hier kennen- und lieben gelernt hatte, half bei solchen Gelegenheiten gern bei Lena und Max aus.

„Vier Große und zwei Kleine. Außerdem noch ein Wasser und eine Apfelschorle", rief Isabella und stellte die leeren Gläser vom Tablett auf die Spültheke. Lena, die im Restaurant bediente, kam dazu.

„Für mich zwei Große, eine Flasche Wasser und ein Viertel Chardonnay", rief sie und wandte sich dann an Isabella.

„Hab ich dir eigentlich schon gesagt, wie froh ich darüber bin, dass du uns heute Abend aushilfst? Ich hätte so schnell keinen Ersatz für Beate gekriegt, aber gegen eine Grippe ist man einfach machtlos. Und innerhalb eines Tages jemanden zu finden, der einspringt, ist so gut wie unmöglich. Du bist echt unsere Rettung."

„Ist schon gut. Das mach ich doch gern. Ich bin so froh, dass ich hier bin. Ich hab überhaupt keine Zeit mehr für seltsame Gedanken."

Sie belud das Tablett mit der Apfelschorle, die ihr Mirko hinschob. „Ach, weißt du eigentlich, an welchem Tisch ich bediene?"

„Ja klar weiß ich das. Du bedienst die Reservierung Weihnachtsfeier Bauamt. Eben hab ich noch einen jungen Mann an den Tisch gebracht, der später dazukam und ziemlich verloren im Eingangsbereich stand. Hätte gar nicht gedacht, dass das Bauamt so gutaussehendes Personal hat."

Isabella lachte. „Und ich weiß sogar, wen du meinst und wer das ist. Er heißt Konstantin Niendorf und ist unser Ansprechpartner auf dem Weihnachtsmarkt. Ja, hässlich ist er wirklich nicht. Fällt mir heute Abend besonders auf, aber er ist vor allem sehr nett. Und ...", zwinkerte sie Lena zu, „... er hat einen kleinen Sohn. Erinnerst du dich an die Sache mit der Herdplatte? Das war er, der mir geholfen hat."

„Ja, natürlich", nickte Lena und behielt das Geschehen ringsherum im Auge. „Soso, er war das also ... und das fällt dir jetzt erst auf, dass er so ein hübsches Kerlchen ist?" Lena schüttelte verständnislos den Kopf. „Da haben dir die anderen Mädels aber was voraus. Als ich ihn vorhin zu seinem Tisch gebracht hab', haben sich einige Frauen nach ihm umgedreht."

„Interessant, was dir alles auffällt“, lachte Isabella. „Vielleicht liegt es daran, wie wir uns kennengelernt haben. Das war weniger romantisch, wenn du dich erinnerst. Auf jeden Fall hat er mir sehr geholfen. Nicht nur mit der Herdplatte, sondern auch wegen der Flyer. Deswegen muss ich sowieso noch mal mit ihm reden.“

„Ah, na dann ist er mir natürlich gleich doppelt sympathisch. Ganz klarer Fall.“

„Äh, wer passt eigentlich grad auf die kleine Sophie auf?“

Lena schenkte zwei Schnäpse ein. „Christine. Sie ist drüben in unserer Wohnung, da hat sie's bequemer als oben im Gästezimmer.“

„Und es macht ihr nichts aus, dass Rainer hinter der Theke aushilft?“

„Nein, sie hat ihn ja das ganze Jahr für sich. Das ist schon okay. Sie ist so eine liebe Person und passt so gut zu meinem Vater. Darüber bin ich unendlich froh.“ Sie schob sich die Gläser zurecht und rief im Weggehen. „Auf geht's!“

Mirko bestückte gerade Isabellas Tablett mit Bieren, als sie ihren Namen hörte.

„Isa, hier bist du!“ Simon baute sich vor ihr auf und stemmte die Hände in die Hüften. „Ich habe dich überall gesucht und auch schon x-mal angerufen, dir außerdem eine WhatsApp geschrieben. Wo warst du denn?“ Entsetzt starrte er auf das Tablett in ihren Händen. „Jetzt warte doch mal!“

„Simon, wo kommst du denn her?“ Sie versuchte, an ihm vorbeizukommen. „Es tut mir leid, aber ich trage mein Handy nicht bei mir und kann jetzt auch nicht warten. Ich muss los!“

Sie balancierte das schwere Tablett auf den Händen und rief ihm über die Schulter zu: „Ich bin gleich wieder da, dann können wir kurz reden. Viel Zeit habe ich allerdings nicht. Du siehst ja, was hier los ist."

Als sie mit einem voll beladenen Tablett leerer Gläser zurückkam, stand Simon noch an derselben Stelle und tippte ungeduldig mit dem Fuß auf. Ungeachtet dessen legte sie Mirko den Bestellzettel ruhig hin, bevor sie sich zu ihm gesellte. Simon konnte seinen Unmut darüber kaum verbergen.

„Hi, waren wir verabredet?"

„Nein, das nicht aber ...", er riss sich zusammen.

„Ach so, dann bist du mit deinen Mannschaftskameraden da?"

„Nein, nicht direkt, aber auch. Ich bin mit ein paar Kumpels vom Team und noch ein paar Mädels hier."

Als er von den Mädels sprach, sah er sie besonders forschend an. „Wir wollen eigentlich gleich weiter ... müssen nur noch austrinken", erklärte er. „Äh, sorry, aber hier sind uns zu viele alte Leute", grinste er und musterte sie von Kopf bis Fuß, wobei sein Grinsen anzüglicher wurde. „Hey Süße, ich will, dass du mitkommst. Da, wo wir hin wollen, ist richtig was los. Starke Mucke und coole Leute. Komm schon Isa, zieh dich um und komm mit. Die schaffen das doch hier auch ohne dich."

Isabella sah ihn verwundert an. War es angesichts der vielen Gäste so schwierig zu erkennen, dass sie seinem Wunsch nicht nachkommen konnte?

„Tut mir leid, aber heute Abend geht gar nichts. Eine Bedienung ist wegen Grippe ausgefallen. Da findet man so schnell keinen Ersatz. Ich kann hier nicht weg!"

„Ach Isa, du wirst doch wohl einen Abend mit mir in einer coolen Bar dem hier vorziehen. Die anderen Jungs haben auch alle ihre Mädchen dabei. Nun los, mach schon, schäl dich aus den Klamotten und zieh dir was Hübsches über. Die können ruhig alle sehen ...“

Isabella hörte nur *andere Jungs und ihre Mädels* und sah irritiert zu ihm auf.

Na, soweit sind wir aber noch lange nicht, mein Freund.

Nur weil sie als Teenager mal für ihn geschwärmt hatte und ihn auch jetzt noch attraktiv fand, würde sie nicht gleich den Kopf verlieren. Schon gar nicht nach den noch sehr frischen Erfahrungen, die sie mit Georg machen musste. Ihm hatte sie jeden Wunsch von den Lippen abgelesen und den Dank dafür bekommen.

Nein, die letzten Monate hatten eindeutige Spuren hinterlassen. So schnell war sie nicht mehr zu begeistern und ihr Herz war ohnehin noch wegen Renovierung geschlossen. Sicher wollte sie Simon näher kennenlernen, ihm eine Chance geben, aber sie würde sich nicht drängeln lassen.

Ja, er hatte diese besitzergreifende Art, die ihr an Männern so gefiel. Aber wenn sie eines gelernt hatte, dann das: Die Jungs wussten am Ende nur die Mädels zu schätzen, die nicht zu allem Ja und Amen sagten und – die sich ein bisschen zierten. Letztere kamen besonders gut an.

„Simon, ich kann hier nicht weg“, erklärte sie deshalb ruhig und lächelte nachsichtig. „Auch wenn ich noch so sehr wollte.“

„Das gibt's doch gar nicht“, entrüstete er sich, „ich dachte, du bist hier nur zu Besuch! Warum musst du dann ständig helfen? Erst auf dem Weihnachtsmarkt und jetzt auch noch hier."

„Weil ich das so will", fiel sie ihm ins Wort und räumte die leeren Gläser vom Tablett. Sie vergaß, was sie noch sagen wollte, weil sie aus den Augenwinkeln heraus bemerkte, dass Konstantin Niendorf vom Flur her auf sie zukam, um an ihr vorbei zurück zum Saal zu gehen. Sicher war er auf der Toilette gewesen. Das war die Gelegenheit, ihn wegen der Flyer anzusprechen. Die meisten Gäste waren gut versorgt, weshalb sie sich nicht zu sehr mit der Bestellung beeilen musste.

„Herrn Niendorf!", rief sie Konstantin zu und hob die Hand. „Entschuldige, Simon, aber ich muss nur mal schnell etwas klären. Moment mal ..."

Sie ließ ihn stehen und machte einen Schritt auf Konstantin zu. Lächelnd sah sie ihm entgegen. Zwar spürte sie, dass Simon wegen der Unterbrechung kurz vor einem Wutausbruch stand, aber das interessierte sie herzlich wenig.

Nicht zum ersten Mal fiel ihr auf, wie geschmeidig Konstantin sich bewegte. Es passte zu seiner gesamten Erscheinung. Irgendwie erinnerte er sie an die smarten Typen, die Werbung für Partnerschaftsportale machten. Sportlich, leger, sehr gepflegt und – ein bisschen kühl und zurückhaltend. Genau das, was viele Frauen anmachte. Der Vollbart, der so ein Zwischending zwischen Drei-Tage-Bart und ausgewachsen war, stand ihm sehr gut. Das machte ihn männlicher und auf jeden Fall noch attraktiver, dachte sie. Kein Wunder, dass ihn sich schon eine gekrallt hatte.

Er blieb neben ihr stehen und lächelte sie so charmant an, dass ihr der Atem stockte. Hilfe, was für ein

Charisma! Wieso war ihr das vorher noch nicht aufgefallen? Ach, vielleicht machte es nur die ungewöhnliche Atmosphäre, entschied sie.

„Da bin ich – was gibt's?"

„Ja, hätten Sie wohl einen Augenblick für mich?", erwiderte sie. Ein sehr dezenter Geruch nach Hölzern kam bei ihr an, der ihr angenehm in der Nase kitzelte.

„Gerne ... bloß, ist es im Moment etwas ungünstig. Am Tisch werden gleich die Wichtel verteilt. Sie kennen das sicher. Jeder verschenkt jedem ein Päckchen, von dem er nicht weiß, was drin ist." Er verdrehte schelmisch die Augen und Isabella musste lachen.

„Ja, natürlich kenne ich das", nickte sie, „ich beobachte die Sache und komme dann auf Sie zu. Ich muss auch sehen, wie ich mir den Moment freischaufele."

Simon, dem das Gespräch zwischen Isabella und Konstantin überhaupt nicht zu passen schien, stellte sich demonstrativ neben sie und umschlang sie mit einem Arm.

„Was ist denn nun?", platzte er dazwischen und ignorierte den vermeintlichen Rivalen, als wäre er gar nicht da.

„Gut", Konstantin machte einen Schritt rückwärts und wirkte plötzlich sehr verschlossen. „Sie wissen ja, wo Sie mich finden."

„Sag mal, was war das denn jetzt?" Isabella musste sich zusammenreißen, weil sie solche Hahnenkämpfe auf den Tod nicht ausstehen konnte. Vor allem deshalb nicht, weil Georg in der Öffentlichkeit auch immer so ein Gebaren an den Tag gelegt hatte, ihr dann aber von jetzt auf gleich den Laufpass geben konnte, ohne noch einmal zurückzusehen. Darauf gab sie ganz sicher nichts mehr.

Simon folgte ihr zur Theke, wo Mirko und Lena standen.

„Ich mag es nun mal nicht, wenn dich andere Männer so ansehen, wie der dich eben. Glaubst du, da schaue ich zu?"

„Nun mal langsam. Ich habe mit Herrn Niendorf beruflich zu tun ... ich weiß ja nicht, was du für Vorstellungen von unserer Begegnung hast. Wir siezen uns."

Simon drückte ihr spontan einen Kuss auf die Wange und ließ sie dann wieder los.

„Ja, ist ja schon gut. Aber dass du so viel arbeitest, ist für dein Bein schlecht. Hast du daran mal gedacht? Mensch, ich mein's doch nur gut. Also, was ist jetzt?"

„Na gut, wenn es dir wirklich so wichtig ist, dass ich mitkomme, gehe ich halt ein anderes Mal mit in diese Bar. Kannst du dich damit zufriedengeben?"

Mirko und Lena, die das Gespräch der beiden unfreiwillig mitangehört hatten, warfen sich bedeutungsvolle Blicke zu.

„Hier, das muss jetzt raus, sonst fällt mir die Krone vom Bier zusammen", merkte Mirko nur trocken an und gab ihr damit die Gelegenheit, sich von Simon zu verabschieden.

„Danke, Mirko." Sie schnappte sich das Tablett. „Ich bin schon weg."

„Ich melde mich", rief Simon ihr hinterher. „Aber dann gleich nächste Woche."

Auf dem Rückweg zum Tisch durchlief Konstantin ein Wechselbad der Gefühle. Ein Hochgefühl erfasste ihn, wenn er daran dachte, dass ihn Isabella von sich aus angesprochen hatte – und wie sie ihn erst angelächelt hatte! Wahnsinn! Doch er bezweifelte, dass ihr bewusst war, welche Wirkung sie auf Männer hatte.

Gleichzeitig konnte er nicht glauben, dass sie auf solche Möchtegern-Machos wie diesen blonden Neandertaler stand. Der Wichtigtuer stand jedenfalls gehörig auf sie, so eifersüchtig wie er sich gezeigt hatte. Wenn dem wirklich so war, musste er doch befürchten, dass sie ihn – Konstantin – interessant fand. Das Hochgefühl steigerte sich sofort um einige Höhenmeter. Natürlich war ihm nicht entgangen, dass der Typ, Simon, war offenbar sein Name, rein äußerlich schon etwas hermachte. Aber sein besitzergreifendes Verhalten zeugte ja wohl eher von einem einfachen Gemüt.

Versteh einer die Frauen. Wieso fielen sie nur ständig auf solche Idioten rein?

Stopp! Sein Herz vollzog einen Salto rückwärts. Sie dachte ja immer noch, dass er Vater eines kleinen Jungen war. Sie konnte ihn doch überhaupt nicht als einen potenziellen Partner ansehen.

Zurück bei seinen Kollegen stupste er Felix unauffällig an, als Isabella am hinteren Ende des Tisches Getränke servierte. Dabei ignorierte er die tadelnden Blicke von Frau Fritsche, der Assistentin des Personalrats, die bereits ungeduldig mit den Hufen scharrte, weil sie endlich die Wichtel verteilen wollte.

Er zuckte lakonisch mit den Schultern und beugte sich zu Felix herüber.

„Was gibt's?", wollte der wissen, sah aber stoisch weiter zu Frau Fritsche hin, die die Wichtel verteilte.

„Du musst dich noch bei Frau Hofer dafür bedanken, dass sie sich um deinen Sohn gekümmert hat. Ohne ihre Hilfe wäre ich ganz schön aufgeschmissen gewesen", sprach Konstantin ihm verhalten ins Ohr.

Felix drehte sich zu ihm herum. Sein Blick wanderte zwischen Isabella, die gerade leere Gläser einsammelte, und Konstantin hin und her.

„Richtig, ich erinnere mich. Das hast du erzählt." Er nickte und ein Glitzern trat in seine Augen. „Ah, jetzt verstehe ich, warum dir das wichtig ist", flüsterte er und seine Mundwinkel erreichten die Ohren. „Sie gefällt dir, Kumpel. Das kann ich riechen. Okay", feixte er, „wenn wir den Wichtelkram hier hinter uns haben, mischen wir beide uns mal unters Volk. Das kriegen wir", grinste er und klopfte Konstantin aufmunternd auf den Oberschenkel. „Wir wollen doch nicht, dass das Fräulein denkt, du wärst schon vergeben."

Madeleine Neumann behielt die beiden Männer im Blick und himmelte Konstantin dabei so ehrerbietig an, dass sich ihm der Magen umdrehte. Natürlich schmeichelte es ihm, dass sie ihn mochte. Sie bemühte sich ja sehr um ihn. Zu sehr.

Kurz nachdem Frau Fritsche ihre Wichtelaktion beendet hatte, erhob Felix sich und gab Konstantin ein Zeichen, dass er ihm folgen sollte.

„Ich weiß, wo wir sie am besten abfangen können", erklärte er und ging voran in Richtung Lounge. „Vorne an der Theke, wenn sie die Getränkebestellung aufgibt, muss sie warten und das ist unsere Chance. Dann kannst du mich ihr vorstellen."

„Danke, Papa." Konstantin schüttelte den Kopf, was Felix aber nicht sehen konnte, weil er sich einen Weg durch die Menge bahnte. „Du musst mich ja wirklich für den allerletzten Depp halten, dass du glaubst, ich wäre nicht alleine in der Lage, sie anzusprechen."

„Nein, so war das doch nicht gemeint", beschwichtigte Felix ihn, „ich weiß aber, wie das ist, wenn man in jemand verschossen ist, da ist man nicht so spontan und lässig."

„Wer sagt denn, dass ich in sie verschossen bin?"

„Du musst gar nichts sagen, das sieht man. Du schaust sie genauso an, wie Madelaine dich."

„Was!?" Konstantin blieb abrupt stehen und zerrte an Felix' Pulloverärmel. „Was hast du gerade gesagt?"

„Mann, sei doch nicht so furchtbar empfindlich", zog Felix ihn weiter. „Das war im übertragenen Sinne gemeint. Ganz so schlimm ist es nicht." Er drehte sich kurz zu ihm um. „Jetzt stell dich nicht so an und trags wie ein Mann. Meinst du, ich kenne das nicht? Was denkst du, wie's mir damals mit Laura ging? Die hat sich garantiert auch schlapp gelacht, wie ich bei unserem ersten Date rumgestottert habe."

„*Im übertragenen Sinne*", murmelte Konstantin vor sich hin und ging in Gedanken noch mal alle Situationen durch, in denen er Isabella getroffen hatte. Die meisten waren geschäftlich gewesen.

So ein Blödmann. Dass Felix immer so übertreiben musste.

Wie erwartet trafen sie Isabella an der Theke. Sie bestellte beim Thekendienst ihre Getränke und lachte über einen Scherz, den der Jüngere der beiden Männer machte. Überrascht drehte sie sich zu Konstantin um, als der sie ansprach.

„Entschuldigung", lächelte er sie an und bemühte sich, dabei nicht zu ehrerbietig zu wirken, „ich möchte Ihnen jemanden vorstellen, der Ihnen noch einen Dank schuldet."

„Mir? Warum?" Sie blickte an ihm vorbei zu Felix, der ihr die Hand reichte.

„Hallo, Frau Hofer, mein Kollege hat mir erzählt, dass Sie sich so rührend um Yannik, meinen Kleinen gekümmert haben. Ich hatte keine andere Wahl, als ihn bei Konstantin zu lassen. Meine Frau musste zur Entbindung ins Krankenhaus, da konnten wir ihn nicht mitnehmen."

„Oh ... aha", stotterte Isabella und sah verwirrt zwischen Konstantin und Felix hin und her. „Aber das habe ich doch gern gemacht. Das ist aber auch ein süßer Fratz – und so lieb", lächelte sie, „was hat er denn bekommen? Eine Schwester oder einen Bruder?"

„Eine Schwester", erklärte Felix und schmunzelte, „bis jetzt ist er noch sehr glücklich darüber."

Mirko gab Isabella ein Zeichen, dass die Getränke zu den Gästen mussten.

„Entschuldigung, ich muss weitermachen", ihr Blick blieb an Konstantin hängen, „aber ich wollte auf jeden Fall noch mal mit Ihnen sprechen. Ist das okay für Sie?"

„Natürlich. Ich bin noch eine Weile da."

Zwei Stunden vergingen. Inzwischen war es halb zehn. Konstantin warf einen Blick auf seine Armbanduhr und unterdrückte ein Gähnen. Für seinen Geschmack war er schon viel zu lange hier. Und wenn Isabella nicht wäre, säße er bereits im Bus nach Hause.

Das Weihnachtsgedudel ging ihm langsam gehörig auf die Nerven. Er spürte seinen Rücken kaum noch und sein Nacken spannte. Kein Wunder bei den vielen Überstunden, die er jeden Abend im Büro abriss. Es wurde Zeit, dass er wieder etwas mehr Sport treiben konnte, um seine Verspannungen in den Griff zu kriegen.

Er beobachtete, dass an den Tischen ringsherum immer mehr Stühle leer standen und beschloss, sich nun doch zu verabschieden. Er war seit halb sechs am Morgen auf den Beinen und hundemüde.

Isabella und Fabienne liefen noch immer emsig im Saal hin und her. Unermüdlich sorgten sie für Getränkenachschub, räumten Gläser und schmutziges Geschirr ab und säuberten die Tische.

Sicher ließ sich das, was Isabella mit ihm besprechen wollte, auch am nächsten Tag auf dem Weihnachtsmarkt bereden. Denn so wie es aussah, fand sie keine Möglichkeit, um sich von ihren Aufgaben loszueisen.

Nun gut. Ein paar Minuten ließ es sich noch aushalten, entschied er und blieb sitzen. Oder hatte sie ihn vielleicht vergessen? Vorstellen konnte er sich das nicht, schließlich hatte sie ihn zweimal darauf angesprochen.

Wie ein Magnet zog sie seine Blicke auf sich. Trotz der Müdigkeit, die ihn von Minute zu Minute mehr vereinnahmte, wusste er immer genau, wo sie sich gerade befand. Das Vergnügen, ihr bei der Arbeit zuzusehen, hielt ihn bei Laune und wach. Die Haare, die sie sonst zu einem oder zwei Zöpfen geflochten hatte, trug sie jetzt zu einer weichen Hochsteckfrisur geschlungen.

Das wirkte sehr feminin. Zu gern würde er sie einmal mit offenen Haaren sehen.

Konstantin rückte sich gerade, denn er spürte Madelaines Blicke auf sich. Er schenkte ihr ein flüchtiges, unverfängliches Lächeln und wand sich innerlich, weil sie plötzlich so verunsichert wirkte. Auch wenn das nicht sein Verschulden war, fühlte er sich nicht wohl in der Situation. Aber was sollte er tun? Ihr etwas vormachen? Es widerstrebte ihm, sie zu kränken. Dabei müsste sie eigentlich längst bemerkt haben, dass er lediglich ein kollegiales Interesse an ihr hatte, denn er behandelte sie so, wie alle anderen Kolleginnen auch: freundlich. Nicht mehr und nicht weniger. Egal, wie sehr er sich eine neue Beziehung wünschte, Madelaine würde nicht in die engere Wahl kommen.

Er schob den Ärmel seines Pullis hoch und sah erneut auf die Uhr. Kurz nach zehn. Jetzt war es genug. Er beschloss, zu gehen.

Derweil schob Isabella einen Servierwagen, voll mit schmutzigem Geschirr und Gläsern, zur Theke. Sie atmete tief durch, denn nun war die meiste Arbeit getan. Eilig lief sie zurück in den Saal und sah zu Konstantin hinüber, der in diesem Augenblick den Stuhl nach hinten schob und sich in die Runde verabschiedete. Sofort schnappte sie sich Fabiennes Arm, die gerade auf dem Weg zu einem der Tische war, um nach dem Rechten zu sehen.

„Meinst du, du kannst mich mal kurz entbehren? Ich muss noch etwas mit Herrn Niendorf besprechen. Es dauert bestimmt nicht lange."

„Oh! Habe ich was verpasst?"

„Nein, es ist etwas Geschäftliches. Erzähle ich dir später.“

„Lass dir Zeit“, lachte Fabienne und zwinkerte ihr zu. „Besonders für das Geschäftliche muss man sich die nehmen. Ich komme schon allein zurecht.“

Isabella flitzte los und holte ihn in der Lounge ein, in der sich viele Gäste aufhielten und wo man sein eigenes Wort kaum verstand.

„Herr Niendorf!“, rief sie etwas außer Atem und berührte ihn am Arm. „Entschuldigen Sie, dass ich Sie so lange habe warten lassen, aber es war einfach zu viel zu tun.“

Konstantin drehte sich überrascht zu ihr um und blieb stehen.

„Das habe ich mir gedacht und habe deswegen nicht mehr damit gerechnet, dass wir uns noch unterhalten können. Ich weiß ja nicht, wie wichtig Ihnen das Gespräch ist.“

„Sehr wichtig. Aber wenn Sie natürlich gehen wollen ...“

„Haben Sie denn jetzt Zeit?“

„Ja, habe ich.“

„Gut.“ Er rieb sich die Stirn und den Nacken. „Gibt es denn einen Platz hier, wo wir uns unterhalten können, ohne dass wir uns anschreien müssen?“

„Ja“, lachte sie, „den gibt es. Kommen Sie.“

Isabella führte ihn an der Lounge vorbei zu einer Nische, die man erst auf den zweiten Blick bemerkte. In den Farben der Wände, gut getarnt, öffnete sie eine Schiebetür, hinter der sich ein Raum mit Fenstern zum Garten präsentierte.

Sie drückte auf den Lichtschalter, sodass eine Hängeleuchte über einem großen runden Tisch flackernd ihren Dienst aufnahm. Die Lampe konnte man gut und gerne antiquarisch nennen. Konstantin tippte auf die Fünfziger. Auch der alte Wirtshausschrank dahinter gehörte sicher in diese Zeit.

„Bitte, nehmen Sie Platz."

Sie zog einen der Lehnstühle unter dem Tisch hervor und wies ihn an, sich zu setzen. „Hier stört uns niemand und wir können in Zimmerlautstärke miteinander sprechen", flachste sie. „Was möchten Sie trinken?"

Konstantin blieb stehen und sah sich fasziniert in dem Raum um. Vor seinem inneren Auge sah er das Gebäude, die Umbauten und begann eins und eins zusammenzuzählen. Hier musste sich die alte Wirtsstube befunden haben. Er schüttelte kaum merklich mit dem Kopf.

„Äh, nein … eigentlich hab' ich gar keinen Durst" Er drehte sich zu ihr um. „Entschuldigung, aber ich habe nur gerade überlegt, ob das hier", er deutete auf den Raum, „mal die ursprüngliche Gaststube war."

Er griff nach der geschwungenen Stuhllehne und setzte sich ihr gegenüber.

„Ja, das war sie. Und der Tisch und der Schrank gehörten dazu. Lena, äh, ich meine Frau Hofer, konnte sich davon nicht trennen und jetzt dient der Raum und das Mobiliar als Personalzimmer."

„Frau Hofer?"

„Ja, sie ist die Frau meines Cousins. Alois Maximilian Hofer. Den beiden gehört der Brunnenhof."

Konstantin rutschte auf dem Stuhl hin und her und rieb sich wieder über Nacken und Stirn.

„Ach richtig, ja, das habe ich schon mal irgendwo gelesen. Er hat einen exzellenten Ruf. Das stand irgendwann mal in der Zeitung. Ein Sternekoch aus Südtirol." Er atmete schwer. „Ja natürlich, jetzt macht das alles einen Sinn."

Er blinzelte, schloss kurz die Augen, und rieb sich erneut über Nacken und Stirn, bevor er schmerzverzerrt das Gesicht verzog.

„Geht es Ihnen nicht gut?" Isabella sah ihn besorgt an. „Haben Sie Kopfschmerzen?"

„Nein, noch nicht, aber ich befürchte, das ist der nächste Schritt. Ich bin ziemlich verspannt und außerdem todmüde, deshalb ... vielleicht verraten Sie mir, was Sie auf dem Herzen haben. Ich muss nämlich morgen früh raus."

„Nein, da weiß ich was Besseres." Isabella sprang auf und stellte sich neben ihn. „Vertrauen Sie mir, wenn ich Ihnen sage, dass ich Ihnen Linderung verschaffen kann?"

„Sie?" Er sah sie verwundert an. „Äh, was haben Sie vor?"

„Ich kann sehr gut massieren – tja, allerdings müssten Sie den Pulli und das Hemd dafür ausziehen ..." Isabella sah ihm in die Augen. „Wäre das ein Problem für Sie?"

„Ehrlich gesagt weiß ich das noch nicht. Aber lassen Sie mal, wenn ich jetzt nach Hause komme, nehme ich eine Schmerztablette und lege mich ins Bett, das ist ..."

„Darf ich nur mal fühlen?" Sie deutete auf seine Schultern. „Ich bin mir nicht sicher, ob Ihnen da eine Tablette noch was nützt. Wärme wäre da eher angebracht."

„Gerne … ich weiß gar nicht, was ich sagen soll. Haben Sie beruflich etwas damit zu tun? Sind Sie Physiotherapeutin oder sowas in der Art?“

„Nein, im Moment bin ich gar nichts. Ich weiß noch nicht, in welche Richtung ich beruflich will. Aber trotzdem kenne ich mich mit der menschlichen Muskulatur recht gut aus und weiß, was zu tun ist, wenn man verspannt ist. Aber ich möchte mich auf gar keinen Fall aufdrängen. Wenn Sie lieber Pillen schlucken wollen …“

„Nein, nicht unbedingt, es ist nur … was ist, wenn hier jemand zur Tür reinplatzt? Was …“

„Ach, da müssen Sie sich keine Gedanken machen. Hier geht nur das Personal ein und aus. Und die sind alle noch sehr beschäftigt. Bis von denen jemand hier reinkommt, sind wir längst fertig.“

„Und Sie können wirklich massieren? Ich muss nämlich morgen wieder fit sein.“

„Ja, ich würde das doch nicht sagen, wenn es nicht so wäre. Was ist daran so ungewöhnlich? Um massieren zu können, muss man doch kein Studium absolviert haben.“

Konstantin legte den Kopf schief und musste schmunzeln, doch selbst diese Regung empfand er als anstrengend.

„Nein, das nicht“, seufzte er leise auf. „Ich bin nur etwas überrascht, weil ich mit so einer Aktion nicht gerechnet habe. Ein Problem damit, mir den Oberkörper frei zu machen, habe ich nicht.“

„Wenn es Sie interessiert, erzähle Ihnen gern ein andermal, woher ich das kann, aber jetzt wollen wir doch lieber keine Zeit vergeuden.“

Kurzerhand zog er sich den dünnen Wollpulli über den Kopf, wie nur Männer das taten, und fing an, sich das Hemd aufzuknöpfen. Der Raum war angenehm warm, weshalb er nicht fror.

Isabella holte sich unterdessen einen Hocker heran, der normalerweise nur als Notbehelf diente, und betrachtete seinen verwuschelten Haarschopf. Er war wirklich ein sehr attraktiver Mann. Und wenn er nun eine Freundin hatte, die das, was sie hier für ihn tat, gar nicht lustig fände?

„Moment. Ich muss mir nur meine Hände etwas warmrubbeln." Sie ging zum Schrank, rieb sich die Hände mit einer Handcreme ein, die dort stand und begann, die Handflächen aneinanderzureiben.

„Leider sind sie oft kalt", lachte sie.

„Das kommt mir bekannt vor", schmunzelte er. „Kalte Hände und kalte Füße. Ich kenne kaum eine Frau, bei der das anders ist, aber …", er zögerte, „… wenn wir uns schon so nahe kommen, wäre es da nicht angebracht, das förmliche Sie aufzugeben?"

Er spürte ihre Hände, die sich warm und fest auf seine Schultern legten. Sie ließ sie einen Moment dort liegen und es fühlte sich an, als ginge ein Hitzestrahl durch seinen Körper, gepaart mit einem sehr angenehmen Schauer, der ihm den Rücken hinunterrieselte.

„Das ist mir eh viel lieber. Ich heiße Isabella, aber größtenteils werde ich Isa gerufen. Manche nennen mich auch Bella. Mir ist das ehrlich gesagt egal. Und du? Sagen alle Konstantin zu dir?"

„Die meisten. Nur ein paar Schulkameraden rufen mich Konni. Felix auch – ab und zu. Aber richtig durchgesetzt hat sich das nicht."

Isabella schob ihm den Kopf nach vorne, sodass sein Kinn auf der Brust lag.

„Lass die Arme einfach baumeln. Du sollst dich nicht anstrengen", erklärte sie ihm und strich ihm mit Daumen und Zeigefinger entlang der Halsmuskelstränge. Wieder und wieder, bis sie eine Besserung spürte. Kneten, streichen und sanftes Klopfen, immer im Wechsel. Er hielt die Luft an und stöhnte dann auf.

„Puh, das zwiebelt aber ganz schön", keuchte er, als sie die Muskelstränge des oberen Rückens durchknetete. Abwechselnd drehte sie seinen Kopf und drückte, schob und strich die Muskeln aus.

„Es wundert mich nicht, dass du Probleme hast. Dein ganzer Nackenbereich ist hart wie ein Brett."

„Du weißt aber auch genau, wo du ansetzen musst", presste er schmerzhaft hervor.

„Ja, das weiß ich. Meine Mutter freut sich immer, wenn ich mal daheim bin. Sie ist oft genauso verspannt wie du jetzt."

Isabella wiederholte die Handgriffe und strich ihm dann den Rücken nach unten hin verlaufend aus, bevor sie ihm zum Abschluss noch einmal die Hände auf die Schultern legte. Jetzt, wo ihr Griff nicht mehr schmerzhaft war, kamen ihm dazu ganz andere Bilder in den Kopf.

„So, ich bin fertig. Ich hoffe, du fühlst dich jetzt ein bisschen besser."

Konstantin war froh, dass sie sein Kopfkino gestoppt hatte. Auf keinen Fall wollte er, dass die Situation ins Peinliche abrutschte, schon gar nicht in so einem frühen Stadium des Kennenlernens.

Das war sein Stichwort. Jetzt galt es, das Eisen zu schmieden, solange es heiß war. Er erhob sich und befühlte vorsichtig seine Nacken- und Halsmuskulatur und zog dabei eine lustige Grimasse, bevor er übertrieben nickte. „Sieht so aus, als wäre alles noch heil."

Isabella nahm ihn genau in Augenschein und stellte zufrieden fest, dass er tatsächlich wieder etwas Farbe im Gesicht hatte und fitter wirkte als vor der Massage.

„Das hat richtig gutgetan", bedankte sich Konstantin mit einer angedeuteten Verbeugung. „Also, wenn du das noch nicht beruflich machst, solltest du drüber nachdenken, es zu tun. Du hast goldene Hände."

Als wenn plötzlich ein anderer Mann vor ihr stünde, betrachtete Isabella das Muskelspiel seiner Arme, während er sich anzog. Er hatte für einen Nicht-Sportler einen recht ansehnlichen Körper. Fest und drahtig. Genau richtig, dachte sie. Sie stand auf Muskeln bei Männern. Jedenfalls wenn es natürlich aussah. Schon bei der Massage hatte sie die Anziehungskraft gespürt, die von ihm ausging. Er war sexy, ganz ohne Zweifel.

Sie verspürte den Drang, ihn wieder zu berühren. Nicht, um ihn zu massieren, sondern um ihn zu umarmen, ihm nahe zu sein. In ihrem Körper regte sich etwas, was sie seit Monaten nicht mehr verspürt hatte. Ein Prickeln, ein Sehnen ... Lust auf Sex! Seit dem Moment, als Georg sie so mir nichts dir nichts abserviert hatte, war ihr diese Sehnsucht abhandengekommen.

Sie stutzte. Und alles nur deshalb, weil sie einen wildfremden Mann massiert hatte. In einem Raum, in dem jeden Augenblick jemand hereinplatzen konnte, weil das Personal hier seine Habseligkeiten aufbewahrte. Aber in dem Moment, als sie erkannt hatte, wie schlecht es ihm ging, hatte sie überhaupt keine Zweifel daran gehabt, das Richtige zu tun, wenn sie ihn massierte. Wieso bezweifelte sie es dann jetzt?

„Fühlst du dich denn wenigstens besser?“, versuchte sie, so sachlich wie möglich zu klingen.

„Ja, absolut.“ Er streifte sich den Pulli über und fuhr sich durch das volle, dunkelblonde Haar.

„Du hast was gut bei mir. Es geht mir wirklich viel besser. Zwar spüre ich immer noch die Stellen, an denen du mich gepiesackt hast, aber ich fühle mich tausendmal wohler als vorher. Das möchte ich gerne wiedergutmachen.“ Er kratzte sich am Hinterkopf. „Lass uns darüber aber nicht deine Sache vergessen. Du hattest doch was auf dem Herzen. Worüber wolltest du denn mit mir sprechen?“

„Nein, das brauchst du nicht. Du musst nichts wiedergutmachen. Denk an die Herdplatte. Dann sind wir schon quitt. Da hast du mir geholfen. Aber warum ich dich sprechen wollte …“, sie deutete auf den Stuhl, „… setz dich doch noch einen Moment.“

Ohne ihn noch einmal zu fragen, goss sie Wasser in zwei Gläser, schob es ihm hin und nahm sich selbst eins.

„Es geht um die Flyer“, begann sie, während sie sich ihm gegenübersetzte. „Ich hatte die Tage einen Anruf von meiner Mutter, die total begeistert war, weil wir so viele Anmeldungen für das Hotel und die Ferienwohnungen daheim haben. Habe ich schon mal erwähnt, dass meine Eltern einen kleinen Betrieb führen?“

Er zuckte ratlos mit den Schultern und griff nach dem Wasser, das er in einem Schluck austrank. „Danke.

Mann, hab' ich auf einmal einen Durst", grinste er, „was hast du mit mir gemacht?"

„Das wirst du morgen sehen", lachte sie und klimperte mit den Wimpern, „vielleicht hab' ich dich ja verhext?"

„Das kann schon gut sein", grinste er und sah ihr dabei tief in die Augen, „du hast ja keine Ahnung", räusperte er sich und wurde ernst. „Also, was ist jetzt mit den Flyern?"

„Ich würde gerne noch mal einen Packen auslegen und vielleicht auch noch welche an einem anderen Stand. Am Königsplatz gibt es einen Bekannten, der sie auch – natürlich nur ganz dezent – auslegen würde. Ich wollte das aber nicht ohne deine Erlaubnis machen. Und auf keinen Fall möchte ich neuen Stress mit Krüger heraufbeschwören."

„Da mach dir mal keine Sorgen. Das drehen wir schon. Ich weiß von anderen, dass die auch alles Mögliche bewerben. Die haben nur keinen Herrn Krüger als Nachbarn. Das ist dein Nachteil. Aber daran soll es nicht scheitern. Den tricksen wir einfach aus." Er warf einen Blick auf seine Armbanduhr. „Bist du morgen am Stand?"

„Ja, na klar. Jeden Tag, solange der Weihnachtsmarkt geht. Kommst du vorbei?"

„Sicher. Jeden Tag, solange der Weihnachtsmarkt geht." Er verzog drollig das Gesicht und Isabella musste lachen.

„Du magst es nicht, oder?"

„Das stimmt so nicht. Es gab Zeiten, da mochte ich Weihnachten sehr. Aber in diesem Jahr könnte es von mir aus ausfallen ..." Er hob die Hand, als müsse er sich verteidigen. „Ich verstehe aber, dass die meisten das nicht so sehen.“

„Aber mir geht es doch ganz genauso! Da rennst du aber weit geöffnete Türen bei mir ein. Ich bräuchte es dieses Jahr auch nicht.“

„Na, das passt ja“, lachte er sarkastisch auf, „und dann haben wir beide *so* einen Job an der Backe, was?“

Überrascht sah er auf, als Fabienne auf einmal zur Tür hereinstürmte.

„Hier bist du! Ich habe dich schon gesucht ... Entschuldigung, dass ich störe.“ Sie trat spontan den Rückzug an. „Ich wollte mich nur verabschieden. Mirko und ich gehen jetzt heim. Lena meinte, sie käme schon allein zurecht. Wir sehen uns morgen. Tschü-hüs.“

So schnell wie sie hereingekommen war, war sie auch wieder verschwunden.

„Oje, ich glaube, ich habe total die Zeit vergessen.“ Isabella sah erschrocken auf die alte Wanduhr, die anzeigte, dass es schon zehn nach elf war.

„Ich muss auch los“, rief Konstantin. „Aber eins noch ... es geht auch ganz schnell. Bitte, ich möchte mich unbedingt für deine gute Tat revanchieren. Du hast keine Ahnung, wie ich mich durch den Tag gequält habe. Die Massage hat wirklich gutgetan. Hättest du Lust, irgendetwas mit mir zu unternehmen?“

„Ja gern, warum nicht?“, nickte Isabella, „aber nur, wenn es nichts mit Weihnachten zu tun hat“, grinste sie. „Dann bin ich dabei.“

„Da kannst du dir absolut sicher sein. Ich lass’ mir was einfallen.“

Spontan und ohne Vorwarnung nahm er sie in den Arm und drückte sie kurz und fest an sich.

„Danke und schlaf gut.“

Ehe Isabella reagieren konnte, war er auch schon zur Tür hinausgestürmt und ließ sie, zugegebenermaßen etwas konfus, zurück.

Acht

Noch zwei Wochen bis Weihnachten.

Konstantin begab sich am Montagmorgen mit leicht wackligen Knien auf seine erste Runde über den Weihnachtsmarkt. Der Kopf schwirrte ihm vom vielen Denken. Das ganze Wochenende über war ihm die seltsame Situation – nein die absolut fantastische Situation –, die ihm im Brunnenhof widerfahren war, nicht aus dem Schädel gegangen. Was für eine unglaubliche Entwicklung! Im wahrsten Sinne des Wortes.

Die schöne Isabella, die ihm so unerreichbar erschienen war, hatte ihm den Rücken massiert. Er konnte es immer noch nicht richtig fassen. Musste sich kneifen, um zu begreifen, dass genau das tatsächlich passiert war. Ach, wenn er sich nur nicht so verdammt stümperhaft angestellt hätte. Einfach nur unvorstellbar dämlich, eine solche Steilvorlage, die sie ihm gegeben hatte, derart zu vermasseln. Er hatte sich aufgeführt wie ein Zehntklässler beim ersten Rendezvous. Nur gut, dass ihm dabei keiner zugesehen hatte.

Jetzt galt es, das mit einem Date wieder rauszureißen. Er zermarterte sich das Hirn, was man in der Vorweihnachtszeit veranstalten konnte, ohne dass es etwas mit Weihnachten zu tun hatte. Egal an was er dachte, überall hingen Glitzersterne, es roch nach Zimt und Glühwein oder Weihnachtslieder dudelten im Hintergrund. Na super, da war er wohl ein bisschen voreilig mit seinem Versprechen gewesen. Was tat man im Sommer, was man im Winter nicht machen konnte?

Baden, grillen, picknicken.

Picknicken!

Konstantin blieb so abrupt stehen, dass ein Mann, der direkt hinter ihm ging, ihn anrempelte.

„Passen Sie doch auf, glauben Sie, Sie sind allein auf der Welt?", raunzte dieser ihn ungehalten an und stapfte grummelnd weiter.

Konstantin störte das nicht im Geringsten. Er war gedanklich so mit der Idee beschäftigt, die ihm wie in einer Art Eingebung durchs Hirn schoss, dass er ringsherum überhaupt nichts mitbekam. Er sah sich bereits im Park mit Isabella auf einer Decke sitzen ... stopp. Irgendetwas an dem Bild passte nicht. Keine Sonne, keine Blumen und auch keine summenden Insekten. Dafür aber eventuell Regen oder vielleicht sogar Schnee. Und ganz sicher kühle bis eisige Temperaturen. Die schöne Illusion verblasste. Mist. Dann doch kein Picknick.

Er ging weiter. Mechanisch grüßte er die Standbetreiber und hörte mit halbem Ohr zu, wenn sie von ihren Sorgen berichteten. Meist ging es eh um das Wetter und die Besucher, die sich nicht zu benehmen wussten. Alles Probleme, bei denen Konstantin ohnehin nicht behilflich sein konnte.

Ein Stand mit dekorativen Gartenutensilien kam in sein Blickfeld. Neben weihnachtlichen Figuren bot der Betreiber auch Rosenstäbe, Töpfe und andere ganzjährige Dekorationen an. Augenblicklich musste Konstantin an seine Kollegen vom Gartenbauamt denken, die zu dieser Jahreszeit nur wenig zu tun hatten. Wieder blieb er abrupt stehen.

Der Tempel auf der Schwanenwiese! Der wurde gerade auf Vordermann gebracht. Instandhaltungsmaßnahmen und Malerarbeiten. Ha! Wenn er von den Jungs den Schlüssel bekäme, wäre ein Picknick doch möglich. Und was für eins! Sofort fiel ihm die Führung ein, die die komplette Belegschaft im Zuge eines Betriebsausfluges von einer Kunsthistorikerin bekommen hatte.

Jepp, das war's, da geht was, freute er sich diebisch und in seinem Kopf formte sich ein Plan.

Konstantin strahlte. Eine Frau, die ihm mit mürrischem Blick entgegenkam, sah ihn entgeistert an.

Na und, sollte sie doch. Er hatte soeben die Eingebung schlechthin gehabt. Mitten im Park gab es weder Weihnachtsbeleuchtung noch sonst etwas, was an das Fest erinnerte. Weihnachtsfreie Zone sozusagen. Und mit der richtigen Kleidung kam man auch der Kälte bei.

Überaus glücklich und beschwingt lief Konstantin nun zum Südtiroler Stand. Er war gespannt, was Isabella zu der Idee sagen würde. Doch seine Euphorie wurde heftig ausgebremst. Fabienne erklärte ihm, dass ihre Kollegin einen Termin beim Physiotherapeuten hätte und erst gegen Mittag wieder am Stand sei. *Scheibenkleister.*

Am Nachmittag kam ein Unfall an einem Bratwurststand dazwischen, weil ein Mitarbeiter Verbrennungen dritten Grades durch eine Fritteuse erlitten hatte. Konstantin bekam keine Gelegenheit mehr, bei Isabella haltzumachen. Neben diversen anderen Hilfsaktionen, um die er gebeten wurde, konnte er ihr noch nicht einmal zuwinken, so hektisch entwickelte sich der Tag.

Auch am Südtiroler Stand war die Hölle los. Er bemerkte Krügers missgünstige Blicke, mit denen er den enormen Zulauf am Nachbarstand verfolgte. Der Bedarf an Messern schien nicht sonderlich groß zu sein, resümierte Konstantin trocken.

Erst am Mittwochnachmittag traf er Isabella endlich an. Fabienne bediente und sie gönnte sich eine Tasse Kaffee. Sie stand mit dem Rücken zu ihm, als er sie ansprach.

„Hi", lächelte er, „ich dachte schon, ich krieg dich gar nicht mehr zu Gesicht."

Sie wirbelte so herum, dass ein Schwapp Kaffee auf dem Asphalt landete.

„Konstantin! Hi, das Gleiche könnte ich auch sagen", lächelte sie. „Wo warst du denn die ganze Zeit? Und wie geht's deinem Nacken?"

„Danke, soweit ganz gut", zwinkerte er ihr zu, „aber nur eine Massage wird wohl bei der Verspannung nicht reichen."

„Ah, verstehe", grinste sie, „tja, dann solltest du dir besser eine gute Massagepraxis suchen. Ich bin zeitlich ziemlich eingebunden. Da kann ich dir leider nichts versprechen. Aber wenn sich's mal wieder ergibt – kein Problem."

„Schade, aber wo wir grade bei dem Thema sind ... du hast doch gesagt, dass du bereit bist, etwas mit mir zu unternehmen. Gilt das noch?"

„Ja, natürlich." Isabella sah ihn verwundert an. „Warum sollte ich erst Ja und jetzt Nein sagen?"

„Schön, das freut mich. Ich habe mir nämlich etwas ausgedacht, das garantiert nichts mit Weihnachten zu tun hat.“ Er trat ein Stückchen näher an sie heran. „Meinst du, du kannst dir am nächsten Sonntag ausnahmsweise mal nachmittags freinehmen?“

Ihre Augen trafen sich für einen kurzen, intensiven Moment. Konstantin hielt die Luft an. Ob sie die Magie auch spürte?

„Nichts mit Weihnachten zu tun? Das soll ich glauben?“, lachte sie auf und sah dann hinauf in den grauen Himmel. „Darauf kann ich dir leider nicht sofort eine Antwort geben. Das entscheiden mein Cousin und seine Frau. Mal sehen, ob wir einen Ersatz für mich finden. Der Sonntag ist ein verkaufsstarker Tag. Das schafft einer alleine nicht.“

„Schon klar“, nickte Konstantin. „Heute ist Mittwoch. Es reicht, wenn du mir bis spätestens Freitag Bescheid gibst. Ich muss nicht viel vorbereiten.“

„Verrätst du mir, was du dir ausgedacht hast?“

„Nein“, schüttelte er den Kopf und zwinkerte sie schelmisch an. „Es soll ja eine Überraschung sein.“

„Okay. Ich versuche, frei zu kriegen, aber versprechen kann ich nichts. Ich muss zugeben, du hast mich neugierig gemacht. Ich kann mir absolut nicht vorstellen, wie du es anstellen willst, Weihnachten total auszublenden, wo man an jeder Ecke von Weihnachtsmännern und Rentieren geradezu überrannt wird.“

„Tja, dann lass dich mal überraschen. Du wirst sehen, dass ich nicht übertrieben habe. Um was wetten wir?“

„Um gar nichts.“ Plötzlich irritiert sah sie an ihm vorbei zu Krügers Messerstand. „Ich wette nicht.

Außerdem glotzt der blöde Krüger schon die ganze Zeit
so fies hier rüber. Was hat er denn jetzt wieder?"

„Lass ihn doch glotzen. Gib mir lieber deine Handynummer. Es ist so umständlich, wenn ich immer erst
nachsehen muss, ob du hier bist, wenn ich dir was sagen will."

Als Isabella nach Feierabend auf dem Brunnenhof ankam, machte sie sich gleich auf die Suche nach Max
und Lena. Sie traf die beiden zwischen offenen Kisten
und Lieferscheinen im Feinkostladen an, wo sie die Or-
ganisation der nächsten zwei Wochen besprachen.

„Hallo!", rief sie. „Hört ihr denn nie auf zu arbeiten?"

„Vor Weihnachten hat es wirklich den Anschein, o-
der?" Max umschlang sie mit einem Arm. „Aber im
neuen Jahr wird es auch wieder ruhiger. Das ist jedes
Jahr das Gleiche."

„Was macht das Bein?", wollte Lena wissen, „hilft dir
der Physiotherapeut?"

„Oh ja, das ist echt der Hammer, was der drauf hat.
Einfach unglaublich. Mich würde wirklich interessieren, wo er das alles gelernt hat. Ich bin schon bei so vielen Therapeuten gewesen, aber so wie er hat noch keiner mit mir gearbeitet."

„Hört sich ziemlich interessant an." Max riss eine
Kiste klein und setzte einen Haken auf eine Liste. „Hat
er auch eine Praxis, wo jeder hingehen kann, oder arbeitet er nur für die Eishockeymannschaft?"

Isabella rieb sich das Kinn. „Ehrlich gesagt weiß ich
das gar nicht. Da muss ich ihn direkt mal fragen. Ich
glaube, wenn das bekannter wäre, mit welchen Methoden er arbeitet, würden ihm die Leute die Bude

einrennen, so gut wie die Therapie bei mir anschlägt. Ich denke, es ist eine Mixtur aus mehreren Methoden, die er kombiniert."

„So ist das", seufzte Lena, „von den Guten gibt es immer zu wenige. Sag mir Bescheid, ob ich auch hingehen kann. Ich lasse mir sofort einen Termin geben. Mein Körper fühlt sich momentan an, als wäre es nicht mehr meiner."

„Aber warum sagst du denn nichts?" Isabella stellte sich hinter Lena und legte ihr beide Hände auf die Schultern. „Lass mal fühlen."

Sie tastete, rieb und knetete Lenas Muskulatur, bis die einen klagenden Laut von sich gab.

„Auaaa, wo hast du denn gelernt, so gekonnt zuzugreifen? Das fühlt sich ja an, als wärst du ein ausgebildeter Masseur."

„Das kann ich dir sagen. Im Internat gab es einige Workshops zum Thema Ernährung und Anatomie. Wir hatten einen Spitzenmasseur, der uns viel über die Muskulatur beigebracht hat. Unter anderem, wie man sich gegenseitig den Rücken ordentlich massiert", grinste Isabella hocherfreut, „übrigens hat das der Konstantin auch gesagt", zwinkerte sie und ließ Lena los. „Er meinte sogar, ich hätte goldene Hände ..."

„Wie? Moment mal ... *der Konstantin*? Der Name kommt mir doch so bekannt vor." Lena betrachtete Isabella wachsam. „Du redest aber nicht zufällig von dem schmucken Staatsdiener, der letzte Woche etwas später zur Weihnachtsfeier kam?"

„Doch, genau den meine ich", grinste Isabella verschmitzt.

„Muss ich da was wissen?“ Max sah von der Liste auf. „Was ist das denn für ein Kerl? Der soll sich erst mal bei mir vorstellen. Ich muss schließlich deiner Mutter Rede und Antwort stehen.“ Max zwinkerte Lena zu.

„Hey, jetzt ist’s aber mal gut. Ich bin schon groß. Ihr tut ja gerade so, als wäre ich noch ein Teenager. Und wo wir grad dabei sind: Er hat mich gefragt, ob ich am Sonntagnachmittag etwas mit ihm unternehmen könnte. Natürlich nur, wenn …“

„Lass mich überlegen“, unterbrach sie Lena und sah zum Fenster hinaus auf den erleuchteten Hof. „Das ließe sich organisieren. Der Vorteil ist, dass Papa und Christine zurzeit da sind. Die helfen gerne aus … also … wenn Christine als Babysitter einspringt“, nickte sie, „könnte ich deinen Dienst übernehmen. Aber das muss ich erst mit ihr klären. Ich sage dir morgen Bescheid.“

„So, und jetzt noch mal zu diesem Konstantin“, meldete sich Max wieder zu Wort, „was genau hast du gemacht, dass er von goldenen Händen gesprochen hat?“

„Und was ist mit Simon? Also, so wie ich die Sache sehe, hat der ganz klar ein Auge auf dich geworfen“, wackelte Lena mit dem Zeigefinger. „Wie stehst du zu ihm?“

Isabella blickte zwischen den beiden hin und her und verschränkte die Arme vor der Brust. „Was wird das jetzt hier, ein Verhör?“

„Nein, natürlich nicht.“ Lena machte eine entschuldigende Handbewegung und sah zu Max herüber. „Du bist uns wichtig. Da wollen wir halt wissen, mit wem du dich umgibst. Das ist alles.“

„Okay, ehrlich gesagt weiß ich nicht so genau, ob ich schon wieder einen Freund haben will. Simon gefällt

mir ziemlich gut. Er ist sexy." Sie fing Max' entgeister-
ten Blick ein und reagierte prompt.

„Findest du das ungewöhnlich, wenn ich das sage?",
grinste sie. „Ich stehe nun mal auf sportliche Typen und
Simon ist sehr gut durchtrainiert."

„Na, dieser Konstantin sah aber auch nicht gerade
unsexy aus", bemerkte Lena. „Also mir würde der
besser ..."

„Soll ich euch vielleicht lieber alleine lassen?" Max
schüttelte ungläubig den Kopf und verdrehte die Augen. „Nicht zu fassen, dass ich mir so'n Zeug anhören
muss. Könnt ihr das nicht besprechen, wenn ich nicht
dabei bin?"

„Ach, jetzt lass uns doch ..." Lena kam um den Tresen
herum und nahm ihn in den Arm. „Es ist doch normal,
dass Isabella sich mit dem Thema beschäftigt. Sie ist
doch ein hübsches Mädchen. Mich sprechen ständig
Leute auf sie an."

„Was? Wirklich? Was wollen die denn wissen?" Isabella bekam große Augen.

„Ach, alles Mögliche. Wo du herkommst, was du
machst, was du vorhast und ob du noch zu haben bist.
Die Jungs in der Küche sind ganz begeistert von dir.
Aber nicht nur die. Auch einige der Stammgäste haben
mich angesprochen. Seitdem du auf der Weihnachtsfeier bedient hast, wollen alle über dich Bescheid wissen."

„Aha ...", Isabella war sprachlos.

„Was ist jetzt mit den goldenen Händen?" Max ließ
nicht locker.

„Also gut", seufzte Isabella. „Was du wieder denkst."
Sie rollte mit den Augen. In kurzen Worten schilderte

sie, wie sie Konstantin lediglich über die Flyer hatte informieren wollen und berichtete, wie es dazu gekommen war, dass sie ihm eine Nackenmassage verabreicht hatte. „... na ja, und weil er davon ziemlich begeistert war, will er sich jetzt dafür bei mir revanchieren und hat mich für den Sonntagnachmittag eingeladen. Glaubst du mir jetzt, dass das eine ganz harmlose Angelegenheit wird?"

„Da reden wir drüber, wenn du zurück bist", brummte Max und kratzte sich hinterm Ohr. „Okay, wir werden sehen, was wir tun können, dass du da am Sonntag hin kannst."

Zwei Stunden später – Isabella lag bereits im Bett – erreichte sie eine WhatsApp von Simon.

Hi, meine süße Isa. Schläfst du schon?
Weißt du eigentlich, dass ich ständig an dich denken muss? Ich bin dieses Wochenende mit der Mannschaft in München. Auswärtsspiel. Ich vermisse dich ganz schrecklich.

(Diverse Emojies mit Herzchen und Küsschen folgten)

Wir müssen uns unbedingt sehen, wenn ich wieder zurück bin. Tausend Küsse, Simon.

Isabellas Herz begann zu flattern. Es war, als würde er sie körperlich berühren, so nahe ging ihr diese Nachricht. Was für ein verrückter Kerl! Aber genau das mochte sie an einem Mann. Stürmisch musste er sein. Zupackend und herzerfrischend direkt. So schrieb sie ihm zurück:

Wie schön, dass du dich meldest. Ich wünsche dir und deiner Mannschaft viel Erfolg. Ruf an, wenn du wieder da bist. Liebe Grüße, Isa.

Am nächsten Tag sah sie Konstantin nur gehetzt vorbeilaufen. Er signalisierte ihr mit einem warmen Lächeln, dass er keine Zeit hätte, anzuhalten und sah sich dabei verhalten nach Krüger um. Wenig später schickte auch er ihr eine WhatsApp.

Tut mir leid, aber ich habe einen wichtigen Termin. Musste schnell weiter. Wie sieht's mit Sonntag aus, klappt das?

Keine Herzchen, sondern nur ein Smiley.

Konstantin trug sein Herz ganz offensichtlich nicht auf der Zunge. Isabella dachte an die stürmische Umarmung nach der Massage. Gut angefühlt hatte sich das schon, das war selbst in dem kurzen Moment rübergekommen.

Wie anders war Simon dagegen. Er ließ sie sofort wissen, was er von ihr wollte. Alles. Das wusste sie, auch wenn er das bis jetzt nicht eingefordert hatte. Es schmeichelte ihr, dass so ein attraktiver Kerl wie Simon sie begehrte. Auch Georg hatte bei ihrem ersten Kennenlernen daran keinen Zweifel gelassen.

Bei Konstantin spürte sie zwar, dass er sie mochte, aber nicht wie sehr. Doch das störte sie nicht weiter. Sie wollte von ihm ja auch nicht mehr als nur eine nette Bekanntschaft. Vor allem anderen wollte sie etwas erleben, Spaß haben und nicht an die Zukunft denken. Lange genug hatte sie Trübsal geblasen und sich wegen des Unfalls gegrämt. Was sollte das bringen? Nichts. Es ließ sich nun mal nicht ändern, dass sie nie mehr die Pisten hinuntersausen konnte und am Ende die Zeit dafür gemessen wurde. Nie mehr auf einem Podest stehen und bejubelt werden. Keine tollen Werbeverträge, keine Fernsehauftritte und auch keine jubelnden Fans mehr. Nie mehr.

Schon der Gedanke an das, was jetzt in diesem Moment alles hätte sein können, wenn der verfluchte Unfall nicht gewesen wäre, trieb ihr die Tränen in die Augen.

Nein. Und nochmals nein.

Sie hatte verdammt noch mal keine Lust mehr, zu heulen. Nie mehr. Und schon gar nicht wegen eines Mannes. Sie wollte Spaß, Spaß und noch mal Spaß. Am liebsten mit einem Typen, der ihr keine Gelegenheit gab, nachzudenken. Einen, der sie alles, aber besonders Georg und seine miese Tour vergessen ließ. Und außerdem einen, der ihr das Gefühl gab, froh sein zu können, dass sie den verlogenen Schuft hinter sich gelassen hatte. Das wollte sie. Basta.

Neun

Konstantin drängte sich durch die kaufbesessenen Menschenmassen, die die Kasseler Innenstadt bevölkerten, und beschäftigte sich mit der Frage, was sein Chef von ihm wollte. Jetzt, mitten in der dicksten Arbeit. Er hatte ihn wegen einer dringenden Angelegenheit zu sich ins Büro bestellt. Ausgerechnet an einem Freitagnachmittag. So kurz vor dem Wochenende.

Eine Frau, die mindestens mit vier riesigen Einkaufstaschen behängt war, schob Konstantin rigoros zur Seite. In ihrer Rücksichtslosigkeit stellte sie leider keine Ausnahme dar, musste er feststellen. Auf der Suche nach dem passenden Weihnachtsgeschenk kannten die Leute kein Pardon. Kopfschüttelnd sah sich Konstantin um.

Oh du schöne Weihnachtszeit.

Die Königsstraße, Kassels Einkaufsmeile, glich einem ausverkauften Open Air Konzert. Neben den Leuten zwängten sich auch noch die Straßenbahnen mit einem penetranten Bimmeln im Schritttempo durch die Menge.

Nichts wie weg hier.

Kurz bevor das Gebäude der Baubehörde in Sicht kam, zog ein riesiges Plakat seine Aufmerksamkeit auf sich. Die Werbung gehörte zu einem Reisebüro.

X-mas in der Karibik. Buchen Sie jetzt eine Kreuzfahrt! Traumurlaub – Last Minute. Schnell sein und sparen.

Konstantin blieb ruckartig stehen. Wäre das nicht genial? Über Weihnachten abhauen, alles hinter sich zu lassen und einfach abzutauchen. So, wie es sein Vater auch tat. Gar keine schlechte Idee, fand er. Nur würde er ganz sicher nicht auf ein Kreuzfahrtschiff gehen, wo man an jeder Ecke einen Weihnachtsbaum aufgestellt hatte. Auf gar keinen Fall. Wenn, dann käme nur ein Land in Frage, wo Weihnachten kein Thema war, zum Beispiel Ägypten oder Marokko.

Geniale Idee!

Er setzte sich wieder in Bewegung. Gott sei Dank hatte er endlich das Gebäude der Baubehörde erreicht und erklomm mühelos die Treppen des altehrwürdigen Gemäuers in den dritten Stock. Eilig rannte er durch die Flure, bis er endlich vor Jandreys Büro ankam.

Verflucht, was konnte denn so wichtig sein, dass er an einem Freitagnachmittag antanzen musste? Dabei hätte er so viel anderes und vor allem Dringenderes zu tun. Insbesondere die Tatsache, dass er das Picknick für Sonntag vorbereiten wollte. Er war so glücklich darüber, dass Isabella seine Einladung angenommen hatte. Sein Herz hüpfte bei dem Gedanken an sie in seiner Brust. Doch zuerst musste er das hier hinter sich bringen. Er knöpfte sich die Jacke auf und löste den Schal. Mit einem Lächeln betrat er das Sekretariat und wurde von Madelaine Neumann begrüßt.

„Hallo Konstantin", strahlte sie ihn an. „Einen Moment noch, Herr Jandrey telefoniert noch."

„Hallo Madelaine, weißt du vielleicht, um was es geht? Ich hab' nämlich eigentlich gar keine Zeit. Da draußen ist die Hölle los."

„Nein", sie schüttelte bedauernd den Kopf, „leider nein. Aber wenn du schon mal da bist ... wir wollen nächste Woche von der Abteilung aus noch einen kleinen Umtrunk starten. Weißt du, so zum Abschied, bevor alle in den Weihnachtsurlaub gehen ... du kommst doch auch mit, oder?"

„Tja, ehrlich gesagt weiß ich davon noch gar nichts und eigentlich kann ich da auch noch keine Zusagen machen." Konstantin vermied es, sie anzusehen, starrte stattdessen auf eine Reihe von Aktenordnern, bevor er die Tür zum Chefzimmer ins Visier nahm. Er wusste auch ohne dass er sie ansah, wie sehr sie von seiner Aussage enttäuscht war.

„Ach, das ist aber schade, ich hätte mich ..."

„Da sind Sie ja!" Jandrey riss die Tür auf und winkte ihn eilig herbei. „Kommen Sie, ich habe wenig Zeit."

Schulterzuckend ging er hinter seinem Chef ins Büro und war froh, dass er auf diese Art Madelaine entkommen konnte.

„Um was geht es denn überhaupt?" Konstantin schälte sich aus dem Mantel und setzte sich seinem Chef gegenüber an den Schreibtisch. „Entschuldigung, aber ... eigentlich habe ich überhaupt keine Zeit."

„Da sind wir dann ja schon zu zweit. Glauben Sie mir, wenn es nicht so dringend wäre, hätte ich Sie nicht herkommen lassen. Leider liegt eine Beschwerde gegen Sie vor, der ich nachkommen muss, sonst geht die betreffende Person noch eine Etage höher, wenn Sie verstehen, was ich meine."

Konstantin richtete sich auf. „Eine Beschwerde? Gegen mich? Aber warum denn? Das verstehe ich nicht … Moment!"

Er sprang auf und stemmte die Hände in die Hüften. „Lassen Sie mich raten: Der Adressat heißt Krüger. Stimmt das?"

„Setzen Sie sich wieder … ja, das ist leider richtig. Wollen Sie hören, was er zu sagen hat?"

„Ja, auf jeden Fall, obwohl ich mir das auch so denken kann."

„So?" Jandrey nahm ihn forschend ins Visier, bevor er dich Brille aufsetzte. Erst dann nahm er das hangeschriebene Schriftstück und überflog die Zeilen. Er räusperte sich.

„Kurz gesagt wirft er Ihnen Willkür vor. Zum Beispiel im Zusammenhang mit dem schlechten Standplatz. Das können wir aber vernachlässigen, weil Sie damit nichts zu tun haben. Außerdem meint er, Sie würden sich zu wenig um seine Belange scheren, dafür aber umso mehr um die Angelegenheiten der zwei jungen Frauen vom Stand gegenüber …"

Jandrey legte das Schreiben nieder und sah ihn über den Brillenrand hinweg an. „Er ist der Meinung, dass Sie den Damen jeden Wunsch von den Augen ablesen. Wohingegen Sie ihn extrem vernachlässigen. Er schreibt, dass die Frauen unerlaubterweise Werbung für Ferienwohnungen und Hotels in Südtirol machten."

Konstantin lehnte sich im Stuhl zurück und überlegte einen Moment. „Übersetzt heißt das, dass die Tonlage in dem Beschwerdeschreiben längst nicht so moderat ist, wie Sie mir das gerade präsentiert haben, oder?"

„Gut erkannt, Herr Niendorf. Den Originalton möchte ich uns beiden gerne ersparen." Er atmete hörbar aus. „Hören Sie, ich weiß, dass das mit dem Markt alles neu für Sie ist und ich weiß auch, dass Sie sich nicht um den Job gerissen haben, aber trotzdem können wir uns keine schlechte Publicity leisten. Krüger hat damit gedroht, an die örtliche Presse zu gehen."

„Das war ja klar", platzte es aus Konstantin heraus. „Hat der sonst keine Probleme?", empörte er sich und richtete sich auf. „Habe ich dazu eine Stimme, oder nicht?"

„Selbstverständlich. Was glauben Sie, warum ich Sie heute noch habe herkommen lassen? Natürlich möchte ich von Ihnen wissen, was es mit der Sache auf sich hat. Die Litanei mit dem schlechten Standplatz kenne ich zur Genüge. Damit haben Sie gar nichts zu tun. Darüber müssen wir nicht mehr reden. Den Platz wird er nicht mehr zurückkriegen. Da kann er wettern, solange er will", grinste er, „aber eine Bevorzugung von irgendwelchen Standbetreibern möchte ich mir nicht nachsagen lassen. Ganz besonders nicht, wenn es sich dabei um reizende junge Damen handelt, die angeblich von unserem männlichen Personal bevorteilt werden."

„Aber das tue ich doch gar nicht! So ein Blödsinn", brauste Konstantin auf. „Krüger hat doch gleich am ersten Tag mit den beiden Mädels Stunk angefangen. Völlig unnötig, kann ich nur sagen. Eine Lappalie, bei der kein anderer nur den Mund aufgemacht hätte."

Er erzählte seinem Chef die Geschichte von der veralteten Herdplatte und ließ auch die sofortige Kompromissbereitschaft Isabellas nicht aus.

„Hm, da hat er sich ja gleich wieder Freunde gemacht", nickte Jandrey nachdenklich mit dem Kopf,
„und weiter? Was hat es denn nun mit der unerlaubten
Werbung auf sich? Ehrlich gesagt, verstehe ich das
Problem gar nicht."

„Ach, das ist mal wieder so typisch", schnaufte Konstantin. „Er ist auf alles und auf jeden neidisch und das
nur deshalb, weil kein Mensch sich für seinen Stand interessiert. Wenn man sich aber mal anschaut, wie ge-
schmacklos und langweilig er die Waren präsentiert,
muss man sich darüber nicht wundern ... und was die
Werbeflyer betrifft: Kein Mensch interessiert sich dafür, wenn irgendjemand Flyer von einer Ferienwohnung aus Südtirol mitnimmt. Nur er mokiert sich. Abgesehen davon, dass das mit seinem Messerverkauf
überhaupt nichts zu tun hat und auch keinen Schaden
anrichten kann. Es ist die blanke Boshaftigkeit, die diesen Mann antreibt. Das ist einfach nur ekelhaft."

„Ja ja, ich weiß. Trotzdem müssen wir einen Weg finden, damit umzugehen." Jandrey zwirbelte einen Ku-
gelschreiber zwischen den Fingern, bis er mit der Sprache rausrückte.

„Es geht mich ja eigentlich nichts an und ich habe persönlich auch wirklich nichts dagegen ... nur", er sah von
dem Stift auf und fixierte Konstantin, „es ist besser,
wenn niemand weiter erfährt, dass Sie den Tempel auf
der Schwanenwiese für Ihre persönlichen Zwecke nutzen wollen ..."

Konstantin schnappte nach Luft. „Woher ... wie? Wer
hat das denn ..."

„Einer der jungen Gärtner. Er hat am Morgen überall
herumposaunt, dass Sie dort vorhaben, ein privates

Picknick zu veranstalten", antwortete Jandrey mit einem süffisanten Lächeln. „Wie gesagt, mich stört das nicht, solange das Objekt keinen Schaden nimmt und ...", er hob den Zeigefinger, „... dass die Geschichte nicht an die große Glocke gehängt wird, denn wenn Leute wie der Krüger das mitkriegen ...", räusperte er sich abermals. „Mehr muss ich gar nicht sagen. Ich bitte Sie also ganz dringend um Diskretion."

„Das wird er nicht mitkriegen, verlassen Sie sich drauf! Vorher drehe ich besagtem Herrn Junggärtner persönlich den Hals um. Es ist ja nicht so, dass ich denen vom Gartenbauamt noch nie einen Gefallen getan hätte."

„Gut. Dann lassen wir das jetzt so stehen. Sie sehen zu, dass Sie sich mit den Besuchen am Südtiroler Stand etwas zurückhalten und ich gebe Ihnen jede Rückendeckung, die Sie brauchen. Wir wissen ja, was der Krüger für einer ist. Da lohnt sich keine Diskussion." Jandrey erhob sich.

Zehn

„Hat er gesagt, wann er hier sein wollte?" Lena blickte suchend durch das Gedränge auf dem Weihnachtsmarkt. Wie erwartet, war am vorletzten Sonntag vor Weihnachten die Hölle los, was aber auch dem sonnigkalten Wintertag geschuldet war. Fabienne hatte sich zur Unterstützung Mirko mitgebracht, der nicht allein daheim bleiben wollte, wenn seine Freundin arbeiten musste. Die beiden bedienten, weshalb Lena und Isabella Muße hatten, sich einen Moment in Ruhe auszutauschen. Isabella schüttelte sich die Haare, die sie heute ausnahmsweise offen trug, und verschloss den Reißverschluss der modisch glänzenden hellblauen Winterjacke. Mit Aussicht auf den Nachmittagsausflug hatte sie auf die traditionelle Kleidung verzichtet und sich zeitgemäß gekleidet.

„Ja, er hat was von zwischen zwei und halb drei gesagt. Er müsste also jeden Moment da sein."

„Ach so, na dann … sehr aufgeregt scheinst du mir ja nicht zu sein. Da hätte ich mich ja gar nicht so beeilen müssen." Lena sah sie prüfend an.

„Oh, das tut mir leid. So wie du dich eben angehört hast, haben sie dich daheim regelrecht rausgeworfen, damit Opa und Oma das Enkelkind endlich für sich allein haben."

„Womit du recht hast", lachte Lena, „ich habe mich ziemlich überflüssig gefühlt. Papa und Christine sind ganz verrückt nach Sophie und Max steht mit seiner

Crew in der Küche und bereitet das Abendgeschäft vor. Da hab ich mich eben auf die Socken gemacht. Ich dachte mir, dass du vielleicht dem Nachmittag entgegenfieberst."

„Warum sollte ich? Ich weiß ja noch nicht mal, was Konstantin vorhat. Angeblich will er alles vermeiden, was an Weihnachten erinnert oder damit zu tun hat ... tss", zischte sie und verdrehte die Augen, „das schafft er sowieso nicht."

„Stelle ich mir auch ziemlich schwierig vor", gab ihr Lena recht, „aber wer weiß. Wenn die Jungs sich mal was in den Kopf gesetzt haben ... besonders die, denen man es nicht zutraut. Unterschätz ihn nicht. Er scheint mir zwar kein Draufgänger zu sein, aber das muss gar nichts heißen. Dazu könnte ich dir jetzt eine ganze Menge erzählen, aber das lasse ich lieber."

„Aha, das klingt ja spannend", Isabella machte große Augen, „kann es sein, dass du Max unterschätzt hast?"

„So in etwa", schmunzelte Lena, „der hat sich jedenfalls lange nicht in die Karten gucken lassen, so viel kann ich dir verraten. Deswegen gebe ich dir den Tipp, keine falschen Schlüsse zu ziehen."

„Ich ziehe gar keine Schlüsse, weil ich keine Absichten habe. Ich möchte einfach nur einen schönen Nachmittag mit einem angenehmen Menschen verbringen. Und Konstantin ist ein sehr netter Mann, mehr gibt's dazu nicht zu sagen."

„Und ein verdammt gut aussehender noch dazu, finde ich jedenfalls. Also mir würde er gefallen, wenn ich an deiner Stelle wäre."

„Und Simon würde dir nicht gefallen?"

„Rein optisch ist er der Mann für den ersten Blick, aber Konstantin ist der Mann, von dem man ihn nicht mehr abwenden kann."

„Geschmäcker sind nun mal verschieden. Ich stehe mehr auf die rauen Jungs, auf die, die sich was trauen", zuckte Isabella lapidar mit den Schultern, „da kann ich nichts machen. Das war schon immer so."

„Da kommt er!", rief Lena. „Hast du alles, was du brauchst?"

„Ja, ich bin warm angezogen, habe feste Schuhe an und ein bisschen hungrig bin ich auch. Hm, das war alles, was er gesagt hat."

Konstantin stieg aus dem Bus und sah auf die Uhr. Gleich zwei Uhr. Er atmete tief durch und machte sich auf den Weg zum Weihnachtsmarkt. Er fühlte sich sehr gut, geradezu beschwingt, weil seine Pläne allesamt aufgegangen waren. Mit Lauras und Felix' Hilfe hatte er einen perfekten Picknickkorb bestückt, der alles beinhaltete, was lecker war, aber keinesfalls an Weihnachten erinnerte. Der Tempel präsentierte sich in einem filmreifen Zustand, war geschmückt und konnte sogar mit einem Gasofen beheizt werden. Was für ein Segen, dass zurzeit Renovierungsarbeiten an dem alten Gemäuer durchgeführt wurden. Nur deshalb gab es überhaupt die Möglichkeit, das denkmalgeschützte Bauwerk zu nutzen und ganz ohne Frage auch die Tatsache, dass er sich in einer äußerst günstigen Position für so eine Aktion befand. Das durfte natürlich keinesfalls publik werden. Das gäbe Ärger, der sich gewaschen hatte. Aber nachdem er seinen Gärtnerfreunden ein ordentliches Frühstück versprochen hatte, konnte er auch auf deren Verschwiegenheit bauen.

Er erreichte den Außenbereich des Weihnachtsmarktes. Lieber Himmel, war das voll heute. Aber er war weit davon entfernt, dass ihn das stören konnte. Ihn interessierte nur noch, wie Isabella auf seine Überraschung reagieren würde. Das war alles, was zählte.

Eilig drängte er sich durch die Menge, direkt auf den Südtiroler Stand zu. Lena Hofers rostrote Mähne, die sie zu einem Zopf geflochten hatte, fiel ihm als Erstes auf. Dann machte er Fabiennes Blondschopf aus. Und endlich erblickte er Isabella ... mit offenen Haaren. Er hatte geahnt, dass sie das noch attraktiver machen würde. Er klappte den Mund zu und riss sich zusammen. Irgendein schlauer Mensch hatte mal behauptet, dass es günstiger wäre, Frauen nicht allzu deutlich zu zeigen, dass man sie hinreißend fand.

„Hallo, grüßt euch.“

Er lächelte unschuldig in die Runde und fühlte mindestens drei forschende Augenpaare auf sich. Zu einer gewissen Coolness gehörte auch, dass man sich nicht für zehn Minuten Verspätung entschuldigte, sondern einfach darüber hinwegging. Schließlich hatte er von circa zwei Uhr gesprochen und nicht von Punkt zwei Uhr.

„Von mir aus können wir los. Bist du soweit?“

„Gestiefelt und gespornt.“ Isabella zeigte ein strahlendes Lächeln und hakte sich bei ihm unter.

„Ich bringe sie heute Abend wohlbehalten auf den Brunnenhof“, rief er Lena zu, schnappte sich Isabellas Hand und manövrierte sie dann zielstrebig durch die

Menschenmassen hindurch zum Staatstheater, wo es über einen schmalen Pfad Richtung Park ging.

„Wo gehen wir hin?" Isabella wollte ihm ihre Hand entziehen, doch er ließ sie nicht los.

„Das verrate ich nicht", schüttelte er den Kopf und grinste sie schief an. „Ich habe dir doch gesagt, dass ich dich überraschen will."

„Na ja, aber jetzt ist es doch soweit, da kannst du es mir doch sagen."

„Nein, kann ich nicht. Wenn wir da sind, wirst du verstehen, warum das so ist. Aber okay, wenn du es vorher errätst", zuckte er mit den Schultern, „dann kann ich natürlich nichts machen."

„Wie soll ich es denn erraten, wenn du mir überhaupt keine Stichworte gibst?"

„Du willst Stichworte? Gut, dann kriegst du welche. Lass mich nur kurz nachdenken." Er ließ ihre Hand los, blieb für einen Moment stehen und starrte in den Himmel.

„Also gut", begann er zögernd und ging weiter. „Erstens: Es ist etwas, was überhaupt nicht in diese Jahreszeit passt. Und zweitens: Man weiß von den Briten, dass sie es zelebrieren. Drittens: Man macht es vorzugsweise im Freien … ähm, davon werden wir heute aber Abstand nehmen – aus offensichtlichen Gründen", feixte er, während er den Blick über ihre Gestalt wandern ließ. „Na? Was fällt dir dazu ein?"

Konstantin sah an ihr vorbei und konzentrierte sich auf den Weg, der sie immer näher zur Karlsaue brachte. Die kahlen Bäume warfen lange Schatten auf das mit Tautropfen verzierte Gras. Es kostete ihn eine ungeheure Beherrschung, ihr so nahe zu sein und sie nicht zu umarmen oder gar zu küssen. Also war es besser, wenn er sie nicht mehr berührte, um nicht in Versuchung zu kommen. In der engen Jeans und den Moonboots sah sie so verlockend aus, dass ein bisschen Abstand sicherer war. Über die dicken dunkelbraunen Haare hatte sie eine zur Jacke passende hellblaue Strickmütze gestülpt, die ihre dunklen Augen und die vollen rosigen Lippen noch mehr betonte.

„Was die Briten zelebrieren ... nette Wortwahl. Ich weiß nur, dass die verrückt sind nach Fish and Chips", dachte Isabella laut nach. „Aber was hat das mit drinnen und draußen zu tun? Nichts. Verstehe ich nicht. Na komm", tänzelte sie vor ihm her und lief dabei rückwärts, „jetzt sag schon, sei kein Spielverderber, was ist es denn nun?"

„Nee nee", Konstantin schüttelte lachend den Kopf, „eben weil ich *kein* Spielverderber bin, verrate ich nichts. Es soll ja eine Überraschung sein. Und wenn du es nicht errätst, musst du halt warten. So einfach ist das."

Isabella musterte ihn von oben bis unten und ihr Blick blieb schließlich an seinem festen Schuhwerk hängen.

„Och menno", maulte sie übertrieben und zog dann eine Schnute. Doch sie grinste dabei und wollte ihn nur aus der Reserve locken.

„So so, die Briten also, hm, was machen die denn nun?", murmelte sie vor sich hin. „Die spielen Golf, sie jagen, schießen Moorhühner, sie reiten ... ah!", japste sie plötzlich, „gehen wir vielleicht reiten? Oh, das wäre ja toll!"

„Hast du schon mal gesehen, dass jemand in Wanderstiefeln reitet?“, bremste Konstantin ihre Euphorie. „Also ich nicht. Sei dir sicher, dass ich dich irgendwie darauf vorbereitet hätte. Nein“, er zog die Mundwinkel nach unten, „ganz kalt, Frau Hofer. Die bisherigen Antworten reichen noch nicht mal für den Trostpreis.“

„Du bist ja streng …“

„Kann ich sein, ja.“

Vor ihnen – in strahlendes Sonnenlicht getaucht – zeigte sich die landgräfliche Orangerie von ihrer schönsten Seite. Das langgezogene barocke Gebäude fügte sich nahtlos an die Karlsaue an und bildete mit der sonnengelben Farbe einen bilderbuchartigen Kontrast zum leuchtend blauen Himmel darüber.

„Wow, ist das schön hier!“, rief Isabella und blieb beeindruckt stehen. „Gehen wir da rein?“

„Nein, können wir aber gerne ein andermal einplanen. Drinnen ist ein supermodernes Planetarium. Für heute hatte ich das aber nicht beabsichtigt.“

„Interessant. Das muss ich mir merken … wollte ich schon immer mal machen.“

Sie liefen weiter und Isabella gab es auf, Konstantins Überraschung erraten zu wollen. Nur wenige Menschen besuchten die reizvoll gestaltete Parkanlage. Es ging vorbei an Gruppen von Statuen und künstlich angelegten Teichen, bis eine kleine Insel in Sicht kam, auf der ein klassizistischer Tempel zu sehen war.

„Voilà Madame, wir sind da.“ Konstantin deutete auf die leichte Anhöhe und verbeugte sich galant vor Isabella.

„Wenn ich bitten darf?“

Er nahm ihre Hand und führte sie über einen provisorischen Steg, der eine Art Brücke darstellte und überquerte mit ihr den Inselgraben. Eine Verbindung, die es normalerweise nicht gab.

„Oh Gott, ist das schön hier!" Vor dem Tempelhäuschen drehte sich Isabella einmal im Kreis und betrachtete versonnen die Landschaft um sich herum. „Dürfen wir denn überhaupt hier sein? Es sieht so aus als wäre das verboten." In ihrem Gesicht spiegelten sich Aufregung und Überraschung.

„Mach dir keine Sorgen. Das ist geklärt. Möchtest du wissen, wo wir hier sind und was es mit dem Tempelchen auf sich hat?"

„Na klar. So etwas interessiert mich immer."

„Okay, dann kriegst du jetzt eine kleine Führung von mir. Achtung!"

Konstantin räusperte sich und tat, als würde er die Enden seines nicht vorhandenen Gehrockes nach hinten werfen und verschränkte die Arme auf dem Rücken. Das sah ziemlich ulkig aus, denn er trug einen Funktionsparka und eine Strickmütze. Ungeachtet dessen lief er mit wichtiger Miene auf und ab und fing an, mit verstellter, tiefer Stimme zu sprechen.

„Wir befinden uns hier in der Karlsaue zu Kassel. Obwohl mehrere Landgrafen sich hier ausgetobt, äh, pardon, gestalterisch verewigt haben, ist die Anlage, wie sie sich heute präsentiert, vor allem dem Namensgeber, Landgraf Karl, zu verdanken." Konstantin machte eine ausholende Armbewegung. „Man muss wissen", fuhr er fort, „dass die Kasseler Landgrafen regelrecht kunstbesessen waren, weshalb wir in der Stadt nicht nur die erste Sternwarte Europas haben, sondern in vielen

Museen große Kunstschätze beherbergen. Das aber nur am Rande."

Isabella lachte hell auf, weil das Sprechen mit so tiefer Stimme ihn derart anstrengte, dass er sich ständig räuspern musste.

„Und zu guter Letzt, meine Teuerste, gäbe es noch etwas Wissenswertes zu dieser kleinen Insel, auf der wir uns gerade befinden, zu sagen. Wie es zu der damaligen Zeit so üblich war, zeigte man gerne seinen Bildungsstand, indem man sich mit allerlei Zierrat umgab, dem es nicht an mythologischem Hintergrund mangelte. Schließlich wollte man als besonders gebildet gelten. Verzeihung, aber das ist eine persönliche Bemerkung." Konstantin näselte so gekonnt, dass Isabella wieder laut lachen musste.

„Ich verbitte mir diese Unterbrechungen!" Er hob den Zeigefinger, um dann augenzwinkernd in ganz normalem Ton anzufügen: „Sonst vergesse ich meinen Text noch."

Dann fuhr er fort. „Der kleine Tempel hinter mir steht im Mittelpunkt der Insel. Bei dem Teich ringsherum handelt es sich um den Schwanenteich. Die Namensgebung geht auf eine Legende zurück, womit wir wieder bei der Mythologie wären, meine Verehrteste."

Konstantin vollführte eine ausschweifende Handbewegung, bevor er die Hände erneut wie ein Professor auf dem Rücken verschränkte. „Wie schon erwähnt, hatten wir es mit kunstbesessenen Herrschern zu tun, die es liebten, sich mit der griechischen Antike zu schmücken. Man erinnere sich an den Schwerenöter Jupiter, der gern mal in eine andere Gestalt schlüpfte, um die Dame seines Herzens flachzu..., Verzeihung, ich meinte natürlich, sie zu erobern. In diesem Fall wollte er Leda verführen und verwandelte sich dafür in einen Schwan. Und da die Wege hier im Park nach Planeten benannt wurden und der, der hinter dem Schwanenteich entlangführt, der des Jupiter ist, geht man davon aus, dass das der Grund für die Namensgebung der Insel war."

Stille.

Konstantin stand wie ein Pantomime und schwieg.

Als Isabella begriff, dass er seine Führung beendet hatte, fing sie spontan an zu klatschen.

„Bravo. Bravissimo. Woher weißt du das alles? Das war toll! Dankeschön."

Konstantin wirkte erleichtert. Er hatte schon befürchtet, sie mit seinem Geschwafel über den Park zu langweilen.

„Danke für den Beifall. Es freut mich, wenn es dir gefallen hat."

Er kam auf sie zu und sah sie forschend an. „Aber das, was die Briten zelebrieren, hast du immer noch nicht rausgefunden, oder?"

„Nee, wie denn auch, wenn du mich allerweil mit etwas anderem ablenkst? War es das nicht jetzt schon?"

„Nein. Ich hätte da noch was. Lass uns reingehen."

„Verrückter Kerl", murmelte sie vor sich hin. „Was hast du denn jetzt noch vor?"

„Das zeige ich dir." Ohne länger über Berührungen nachzudenken, ergriff er ihre Hand und zog sie hinter sich her. Er öffnete die hölzerne Rundbogentür mit einem riesigen Schlüssel und führte sie in einen kleinen Raum. Das Sonnenlicht strömte durch drei türhohe Fenster mit Butzenscheiben und verbreitete eine angenehme Wärme. In der Mitte hatte Konstantin liebevoll einen Campingtisch eingedeckt. Zwei in die Jahre gekommene Segeltuchklappstühle rundeten das Bild ab.

„Bitteschön“, er zog ihr einen Stuhl zurück, „setz dich. Gleich gibt's was zu essen.“

Isabella blieb stehen und sah sich fasziniert um. „Ah, jetzt weiß ich, was die Briten zelebrieren“, klatschte sie in die Hände, „du hast ein Picknick gemeint.“

„Exactement, Madame“, nickte er und lächelte. Er freute sich diebisch darüber, dass sie seine Überraschung nicht erraten hatte.

„Oh, schpreschen wir jetzt e fran-zö-sisch, Monsieur?“, ahmte sie seine Art zu sprechen nach, „tut e mir leid e, abär, isch kann e nur italiano“, zwinkerte sie ihm lachend zu und er fiel in das Lachen mit ein.

Es war, als würde eine Barriere fallen, so zumindest kam es ihm vor.

„Dann bleiben wir wohl doch besser bei Deutsch.“

Anstatt sich zu setzen, drehte sich Isabella einmal im Kreis und sah sich um. Eine Leiter und andere Handwerkerutensilien waren unter einer durchsichtigen Plane versteckt, über der bunte Papiergirlanden hingen.

„Du liebe Zeit, was hast du dir nur für eine Mühe gemacht“, rief sie. „Ich bin fassungslos. Wahnsinn!“

„Also, wenn du den Malereibedarf meinst, muss ich passen. Das war ich nicht“, flachste er und grinste sie dabei frech an, „aber denen haben wir es zu verdanken, dass wir übers Wasser und hier reingekommen sind. Ohne die Maler hätte ich keine Chance gehabt.“

„Soso, das nennt man dann wohl Vorteilsnahme im Amt, oder?" Isabella zog sich die Mütze vom Kopf, wodurch ihre Haare in alle Richtungen flogen. Sie fuhr sich mit allen Fingern durch die Mähne, um sie einigermaßen zu richten.

Konstantin musste schlucken, so reizvoll sah sie dabei aus. Sicher würde sie genauso aussehen, wenn sie morgens aus dem Bett stieg.

Besser war es, er verdrängte derartige Gedanken. So weit waren sie noch lange nicht. Schnell besann er sich wieder auf das, was sie gesagt hatte und ging auf den heiteren Ton ein. „Oho, woher kennst du dich denn mit solchen Fachausdrücken aus?"

„Mein Vater ist Beamter der Stadt Meran, da hört man so etwas schon mal."

„Aber ich dachte, ihr hättet eine Pension und Ferienwohnungen. Habe ich das falsch verstanden?"

„Nein, hast du nicht. Darum kümmert sich meine Mutter."

Während sie an den Säulen des Tempels vorbei hinaus in den Park schaute, schlüpfte Konstantin aus dem Parka, kümmerte sich um den Gasheizer und holte Nudelsalat, Frikadellen und Goudawürfel mit Weintrauben aus der Kühltasche.

„Ich denke, du solltest besser auch die Jacke ablegen, sonst frierst du später. Ich habe mein Auto zwar nicht weit von hier geparkt, aber ein bisschen müssen wir trotzdem noch laufen."

Sie befestigte Jacke und Mütze an einem Haken an der Wand und begutachtete den Tisch.

„Und? Erinnert dich hier irgendetwas an Weihnachten?", wollte Konstantin wissen.

„Nein." Sie hob den Daumen und verzog den Mund. „Chapeau, wenn ich ehrlich bin, hab' ich gedacht, du schaffst das nicht. Damit hast du mich echt überrascht. Wenn es draußen nicht so winterlich wäre, könnte man meinen, wir würden eine Sommerparty feiern." Sie ging erneut zum Fenster und sah über den See hinweg in den Park. „Nur, dass es nicht mehr lange hell bleiben wird. Spätestens in einer Stunde beginnt die Abenddämmerung."

„Dann komm und setz dich. Ich hoffe, du magst, was ich mitgebracht habe?"

„Das passt schon. Na klar." Sie setzte sich ihm gegenüber.

„Magst du ein bisschen Hintergrundmusik?"

„Mamma mia, was hast du denn noch alles auf Lager, Mr. Perfect? Sag nur, daran hast du auch noch gedacht."

„Ich geb mein Bestes", lachte er und wirkte plötzlich ein bisschen verunsichert. „Findest du wirklich, dass ich ein Perfektionist bin, nur weil ich eine Sache von A-Z durchdacht habe? Das ist doch kein Hexenwerk. Ein Handy hat heutzutage jeder und Bluetooth Lautsprecher sind nun auch nicht gerade die allerneueste Errungenschaft. Ganz easy, oder?"

„Ja", lächelte sie ihn mit einem Zwinkern an, „alles gut, du hast recht, das ist wirklich kein Hexenwerk und ein bisschen Musik wäre nicht schlecht. Ich bin gespannt, was du auflegst."

„Das Radio können wir ja wohl aus bekannten Gründen ausschließen, oder?", lachte er.

„Wag' es bloß nicht", rief sie und nahm sich etwas Nudelsalat und eine kleine Frikadelle. „Ich kriege nur bei dem Gedanken an *Jingle Bells* oder *Last Christmas* schon Herpes!"

„Um Gottes willen, das will ich auf jeden Fall verhindern", glitzerte es in seinen Augen. „Wie wär's stattdessen – passend zum Ambiente – mit einem Mix der letzten Sommerhits? Ich hätte da was in meiner Playlist."

„Natürlich ganz zufällig, oder?" Jetzt glitzerten Isabellas Augen. Doch sie hob den Daumen und biss genüsslich in ein Stückchen Käse.

Als Antwort hob er nur lakonisch die Schultern und griff zum Handy. Für einen Moment schwiegen beide.

Weil es draußen allmählich dämmriger wurde, schaltete Konstantin die LED-Lämpchen an, die er im Raum und auf dem Tisch verteilt hatte, und im Hintergrund trällerten *Youngblood* ihr *5 Seconds of Summer.*

Als er sich wieder setzte, spürte er, wie sie ihn ansah. Es lag eine seltsame – durchaus angenehme – aber dennoch für ihn nicht greifbare Stimmung in der Luft. Das irritierte ihn, doch er wollte verhindern, dass sie etwas davon mitbekam. Nur wenn er cool blieb, konnte er punkten. Alte Eroberer-Strategie. Ha! Er und cool ...

Als ob nichts wäre, zog er einen Piccolo Sekt aus der Kühltasche und hielt ihn hoch. „Magst du?"

„Ja, ein wenig. Ehrlich gesagt, vertrage ich Sekt nicht besonders gut."

Während er zwei Pappbecher befüllte, ließ sie ihn nicht aus den Augen. „Weißt du, was mir gerade auffällt?"

„Nee."

„Eigentlich weiß ich gar nichts von dir ... okay, außer dass du unser Ansprechpartner auf dem Weihnachtsmarkt bist."

„Und weiter?"

„Wer bist du, dass du dir so eine Mühe für mich machst ... obwohl wir uns kaum kennen? Das hat noch nie ein Mann für mich getan ... oh je, das hört sich an, als hätte ich schon einen Stall voller Männer in meinem Leben gehabt", grinste sie schief. „Nein, um Himmels willen, das ist nicht so, das kannst du mir glauben." Für den Bruchteil einer Sekunde huschte ein Schatten über ihr Gesicht und Konstantin fragte sich, wer daran Schuld hatte.

Er hielt ihr den vollen Becher hin und zog fragend eine Augenbraue in die Höhe. „Willst du darüber reden?"

„Nein", schüttelte sie vehement den Kopf und stieß mit ihm an, „vielleicht irgendwann einmal, aber jetzt nicht. Es wäre schade um den schönen Moment." Sie nahm einen Schluck und griff dann zu den Weintrauben.

„Lass uns lieber über dich reden." Ihre dunklen Augen versenkten sich in seinen und Konstantin hielt die Luft an. „Das erscheint mir viel interessanter."

„Wenn du meinst."

„Ja, meine ich. Ich weiß, dass die Frage ziemlich neugierig klingt ...", räusperte sie sich, „... aber was machst du eigentlich, wenn Weihnachten vorbei ist?" Sie belud sich die Gabel mit Nudeln und ließ sie dann in der Luft schweben. „Du wirkst auf mich wie jemand, der studiert hat." Ein Teil der Ladung fiel zurück auf den Teller. „Es liegt an der Art, wie du dich ausdrückst ... oh, Mist!"

Er musste grinsen, als sie sich schnell alles in den Mund stopfte.

„Wie ich mich ausdrücke?“

„Hm ... hm“, mampfte sie zu Ende, „... na ja, so gebildet halt. Ich kenne niemanden außer dir, der das Wort *zelebrieren* benutzt.“

„Und? Stört dich das?“

„Nein – überhaupt nicht. Es macht mich eher neugierig. Das ist es ja. Ich würde gerne wissen, wer du bist ... also ich meine, die Person, die hinter der ... sagen wir ... ziemlich attraktiven Fassade steckt?“

„Danke“, er legte sich die Hand auf die Brust und deutete eine Verbeugung an.

„Nicht dafür“, sie zuckte mit den Achseln und schob sich eine Weintraube in den Mund.

Konstantin schluckte, weil sie anscheinend nicht ahnte, wie sinnlich das wirkte.

„Außerdem unterstreicht es *das* hier nur noch“, redete Isabella unbekümmert weiter. Mit der Plastikgabel malte sie einen Kreis in der Luft und stach dann damit in seine Richtung, „*du* bist hier derjenige, der etwas *zelebriert*, nicht die Briten. Und du bist ziemlich vornehm und gebildet.“

Konstantin machte eine wegwerfende Handbewegung. „Jetzt mach aber mal halblang. Du übertreibst. Ich habe einfach nur meine Möglichkeiten genutzt. Das ist alles.“

„Und wenn schon.“ Isabella schüttelte wenig überzeugt den Kopf. „Okay, ich verstehe. Hier in den Tempel kann ganz gewiss nicht jeder einfach so rein, das ist ein ziemlicher Vorteil“, gab sie zu, „aber egal, nicht jeder, der hier rein kann, würde so eine theaterreife Führung hinlegen, selbst wenn er die gleichen Möglichkeiten hätte – hey, wenn das nichts Besonderes ist!“

Konstantin hob die Schultern. „Ja schön, das will ich nicht abstreiten. So bin ich halt nun mal. Ich mag so etwas. Aber trotzdem, wichtig ist doch nur, dass es dir gefallen hat. Alles andere ist unwichtig."

Isabella hob den Daumen, weil sie den Mund wieder voll hatte.

„Okay, kommen wir zu der Sache mit dem Weihnachtsmarkt. Du wolltest wissen, was ich danach mache. Ganz einfach: Ich gehe wieder dem nach, wofür ich regulär bezahlt werde und was ich gelernt habe. Ich bin Bauingenieur und betreue neue Bauprojekte der Stadt", erklärte er.

„Wie kommt denn ein Ingenieur dazu, den Weihnachtsmarkt zu beaufsichtigen?"

„Berechtigte Frage", lachte Konstantin ironisch auf. „Mein Chef hat von Profilierung gesprochen und Personalmangel gemeint. Ich bin buchstäblich dazu verdonnert worden. Glaub mir, eine freiwillige Entscheidung war das nicht."

„Sowas habe ich mir schon gedacht. Das passt irgendwie auch überhaupt nicht zu dir."

„Und wieso nicht? Was ist mit dem Job? Findest du ihn zu gering oder warum passt er nicht?"

Überrascht über die heftige Antwort, setzte sich Isabella kerzengerade auf.

„Nein, so habe ich das nicht gemeint. Was ist denn so falsch an der Aussage? Ich habe doch nichts Negatives über den Job gesagt, sondern nur, dass er nicht zu dir passt", rief sie aufgeregt. „Das erkennt man doch auf den ersten Blick. Da muss man dich doch nur anschauen."

„Na, jetzt wird's aber spannend ..."

„Wieso? Das ist doch offensichtlich“, erklärte sie weiter, „ohne Übertreibung und objektiv gesehen bist du ein ziemlich interessanter Mann, Konstantin Niendorf, aber das steht gerade nicht zur Debatte.“

„Objektiv gesehen, aha! Wer stellt da die Regeln auf?“, hakte er ein und ließ sie nicht aus den Augen.

„Ah, aber jetzt lässt du mal den Ingenieur in dir raus, was? Warum tust du so, als wenn du nicht genau wüsstest, was ich damit sagen will? Die hübsche Blonde, die dir bei der Weihnachtsfeier gegenüber am Tisch gesessen hat, dürfte dich darüber doch nicht im Unklaren gelassen haben.“

„Ah, das ist dir aufgefallen?“

„Das ist allen aufgefallen, die an dem Tisch bedient haben.“

„Soso, aber das beantwortet immer noch nicht meine Frage.“

„Welche?“

„Die, warum der Job nicht zu mir passt.“

„Das kann ich nicht wirklich erklären, das ist eben der Eindruck, den ich von dir habe und für die andere Frage musst du halt mal in den Spiegel schauen, das wird dir bei der Antwort helfen“, lachte sie mit einem leichten Kopfschütteln.

Konstantin goss Sekt nach und für einen Moment schwiegen beide. Isabella griff nach den Weintrauben und drehte eine zwischen den Fingern.

„Wie wär’s, wenn du mir etwas darüber erzählst, warum du Weihnachten in diesem Jahr nicht magst?“

„Eigentlich mochte ich es letztes Jahr schon nicht“, seufzte Konstantin leise, legte das Besteck auf den leeren Teller und nippte am Sekt. „Der Grund dafür ist simpel. Weihnachten ist ein Familienfest und genau daran mangelt es mir.“

„Was ist mit deinen Eltern?“

„Meine Mutter ist vor knapp zwei Jahren an Krebs gestorben, meine Großeltern sind alle tot und Geschwister habe ich keine.“ Konstantin hob resigniert die Schultern und starrte in das LED-Lichtchen der Kerze. „Außerdem hat mein Vater seit einem halben Jahr eine neue Lebensgefährtin“, er hob den Blick, „ich gönne ihm das – wirklich. Er hat meine Mutter bis zuletzt gepflegt ... Tag und Nacht – ich bin sehr froh, dass er wieder glücklich ist. Er reist mit seiner Freundin über Weihnachten und Silvester in die Karibik.“

„Und was machst du?“

„Weiß ich noch nicht.“ Wieder zuckte er mit den Schultern. „Ich habe mich gestern Abend mal im Internet nach Last-Minute-Angeboten umgesehen“, lachte er trocken auf, „wenn’s mich überkommt, buche ich noch.“

Er sah Isabella in die Augen. „Ist es da nicht verständlich, dass ich keine Lust auf Weihnachten habe?“

„Doch, auf jeden Fall. Tatsächlich bin ich etwas sprachlos“, gestand sie, „ich hatte damit gerechnet, dass es um eine gescheiterte Beziehung geht.“

„Ach, stimmt“, Ironie schwang in seiner Stimme mit, „das hätte ich beinahe ganz vergessen. Getrennt habe ich mich ja auch noch. Jetzt, wo du’s sagst: Das war im August. Wir waren übrigens elf Jahre zusammen.“

„Oh wei, da ist ja einiges zusammengekommen. War das schlimm für dich?“

„Die Trennung? Ja und nein. Ich konnte mich gut darauf vorbereiten. Die Beziehung war schon längere Zeit gestorben. Wir wollten es nur nicht wahrhaben. Die Trennung an und für sich verlief freundschaftlich und einvernehmlich. Wenn man sich entliebt, gibt es normalerweise keinen Stress. Wozu? Tot ist tot."

„Entliebt? Wie geht das denn?"

„Wir waren Teenager und sind erwachsen geworden. Auf dem Weg dahin haben wir irgendwann festgestellt, dass wir uns zwar noch sehr mögen, aber nicht mehr lieben. Tatsächlich sind wir immer noch befreundet."

Skepsis blitzte in Isabellas Augen auf.

„Ich weiß, das ist schwer zu glauben. Aber es ist so. Wir sind nur noch wie Bruder und Schwester."

„Und mit ihr kannst du Weihnachten nicht verbringen?"

„Nein. Sie hat inzwischen einen neuen Freund", Konstantin zog eine Grimasse, „der hat das Prinzip noch nicht verstanden. Er ist ziemlich eifersüchtig. Von ihren Eltern her gibt es keine Bedenken. Ganz im Gegenteil, ich glaube, die hoffen immer noch, dass wir wieder zusammenkommen. Aber ich wäre ein großer Stressfaktor und der will ich nicht sein."

„Kann ich verstehen. Wer will das schon."

„Und was machst du zu Weihnachten?" Konstantin hielt unbewusst den Atem an. „Bist du dann noch hier?"

„Das glaube ich eher nicht. Meine Familie weiß mich zwar bei Max in guten Händen, aber zum Fest wollte ich eigentlich schon zurück nach Südtirol."

„Warum bist du überhaupt hier? Ich meine, so kurz vor Weihnachten? Hätte da nicht auch jemand anderes die Arbeit am Stand übernehmen können?"

„Sicher. Bestimmt sogar. Aber ich wollte unbedingt von zu Hause weg. Und weil mein Cousin und seine

Frau vor Weihnachten jede weitere Hand gebrauchen können – die beiden sind vor knapp einem Jahr Eltern geworden – war das eine echte Win-win-Situation für alle."

„Lass mich raten", lächelte er verschmitzt, „*jetzt* reden wir über eine gescheiterte Beziehung, oder?"

„Blitzmerker."

„Willst du darüber reden?"

Isabella verzog das Gesicht, als hätte sie plötzlich Kopfschmerzen bekommen.

„Müssen wir nicht, wenn du nicht willst ..."

„Nein, so war das nicht gemeint. Außerdem wäre es dir gegenüber unfair. Du wirst gleich verstehen, warum. Wahrscheinlich kennst du die Geschichte eh schon aus der Presse."

„Wie?" Konstantin sah sie mit großen Augen an. „Sorry, aber ich hab's nicht so mit den Promis. Was hab ich denn verpasst?"

„So spektakulär bin ich nun auch nicht. Aber hätte ja sein können, dass du dich für Ski Alpin interessierst, dann wäre ich dir sicher ein Begriff."

„Oh, ehrlich gesagt merke ich mir die Namen nicht. Wenn's im Fernsehen läuft, schaue ich mir das gerne an, aber ich verfolge es nicht so genau. Aber erzähl! Was sollte mir ein Begriff sein?"

„Meinen Namen kennst du. Bis vor gut einem Jahr habe ich zum Nationalkader der italienischen Skiabfahrtsläuferinnen gehört. Ich stand kurz davor, Weltcuprennen zu fahren und das Ticket für Olympia hatte ich auch schon in der Tasche."

„Oh Gott, was ist passiert?"

„Ein schlimmer Sturz."

„Und das war's dann?"

„Yepp. Aus, Schluss und vorbei", sie schluckte, „von einem auf den anderen Tag. Finito. Basta."

„Puh, das ist ja ein Hammer. Meine Güte, das ist ja … oh Mann, mir fehlen die Worte."

„Schon gut. Ich will das Thema nicht vertiefen, so stabil bin ich noch nicht, dass ich darüber so locker reden kann."

„Das ist mehr als verständlich. Aber wenn man dich so ansieht", er zögerte, „also man käme nicht auf den Gedanken, dass du eine so schwere Verletzung davongetragen hast. Du wirkst sehr sportlich und fit."

„Das bin ich auch. Logisch, oder?", lachte sie und verzog den Mund. „Hey, ich habe jahrelang nichts anderes gemacht außer Sport, was erwartest du da … aber um auf deine Frage zu antworten: Ich habe das große Glück gehabt, dass mich der richtige Arzt operiert hat. Anschließend Reha und Physio – bis heute. Tja, das ist das Ergebnis. So einfach ist das."

„Hut ab. So harmlos, wie du das jetzt schilderst, war das sicher nicht. Du wärst nicht in der Weltspitze des Skisports gelandet, wenn du keinen Ehrgeiz hättest. Ganz klar, nur …", er fuhr sich mit den Fingern durch das volle Haar und strich sich über den Bart, „… darf ich raten? Eine gescheiterte Beziehung hängt an der Geschichte auch noch mit dran, oder?"

„Sehr gut erkannt", lachte sie bitter auf. „Wenn ich was mache, dann richtig", krächzte sie, „er heißt Georg Burger und ist auch ein Abfahrtsläufer aus dem Nationalkader. Wir waren eine ganze Zeit zusammen." Sie räusperte sich und ihre Stimme verlor an Kraft. „Er meinte, dass ich doch verstehen müsste, dass er jetzt auf mich keine Rücksicht mehr nehmen könnte. Schließlich ginge es darum, positiv zu bleiben. Also im Sinne von Optimismus und Zuversicht für die Karriere und dafür bräuchte er halt eine Frau, die ihn dabei unterstützen würde und voll belastbar wäre."

„*Voll belastbar*…" Konstantin sah Isabella entgeistert an. „Wie muss ich das denn jetzt verstehen? Solltest du seine Rennen fahren oder hatte er dabei vielleicht doch etwas ganz anderes im Sinn?"

Isabella verdrehte die Augen. „Ich bin sicher, das weißt du besser als ich, schließlich bin ich kein Mann."

„Blödsinn, dafür muss man kein Mann sein … so ein Arschloch!" Er hielt sich die Hand vor den Mund. „Entschuldigung, normalerweise vermeide ich solche Kraftausdrücke, aber in dem Fall tut's mir nicht mal leid. Ich kann's auch noch mal sagen."

„Nein, nicht nötig. Du bist nicht der Einzige, der das so formuliert hat."

Isabella richtete sich plötzlich auf und sah sich um. „Ach du liebe Zeit, draußen ist es ja schon stockdunkel, wollen wir nicht vielleicht …"

„Ja, lass uns zusammenpacken. Keine Sorge, ich habe zwei große Taschenlampen dabei, damit geht's leichter."

Während Konstantin für ausreichend Licht sorgte, packte Isabella die Lebensmittel ein. Ruck, zuck lag alles in zwei Körben verstaut und der Tempel sah wieder so aus, als hätten ihn die Maler eben erst verlassen.

Als auf dem nahe gelegenen Parkplatz die Lichter eines knallroten Beetles aufblinkten, nachdem Konstantin die Fernverriegelung gedrückt hatte, gab Isabella einen verwunderten Laut von sich.

„Du fährst einen Beetle? Oh wenn du wüsstest, wie klasse ich den finde! Ich bin aber noch nie mit einem gefahren.“

„Na, das passt ja“, lachte er. „Aber was ist so erstaunlich daran, dass ich einen fahre?“ Er nahm ihr den Korb ab und verstaute ihn im Kofferraum und stellte den anderen dazu.

„Ich hab doch gar nichts gesagt ... wieso?“ Isabella rutschte auf den Beifahrerplatz.

„Nee, das nicht, aber du hast es gedacht. Das habe ich genau gesehen“, lachte er.

„Wie denn? Es ist doch total dunkel draußen.“

„Komm, gib dich geschlagen ... also, raus mit der Sprache.“

„Na gut. Aber sei nicht beleidigt, wenn ich ehrlich bin.“

„So schnell bin ich nicht beleidigt.“ Konstantin fuhr los.

„Der Beetle ist halt eher ein typisches Frauenauto ...“

„Würde ich zwar so nicht sehen, aber in gewisser Hinsicht stimmt das“, lächelte er und sah sie kurz von der Seite an. „Beruhigt es dich, wenn ich dir sage, dass er meiner Mutter gehört hat?“

„Oh, was bin ich doch für ein ... hätte ich doch nur meinen Mund gehalten.“ Isabella verstummte und sah zum Fenster hinaus.

„Sie fehlt dir bestimmt sehr“, redete sie auf einmal leise weiter. „Wenn ich mir vorstelle, meine Mutter wäre nicht mehr da ... furchtbar. Einfach unvorstellbar. Wir sind zwar nicht immer einer Meinung, aber trotzdem, sie würde mir ganz schrecklich fehlen.“

Konstantin hörte zu, antwortete aber nicht sofort. Ohne Eile fuhr er durch die Stadt Richtung Brunnenhof.

„Deshalb kann ich den Beetle nicht weggeben. Ich habe meinen BMW verkauft", flüsterte er. „Ich mag den Kleinen und werde ihn fahren, bis er auseinanderfällt."

Aus einem Impuls heraus legte Isabella Konstantin eine Hand auf den Arm. Nur für einen Moment, doch er verstand die Geste.

„Ich vermisse sie sehr, aber wenn ich in diesem Auto bin, dann denke ich, sie ist bei mir."

Elf

Der Brunnenhof präsentierte sich hell erleuchtet und sehr gut besucht, als Isabella und Konstantin dort ankamen.

„Wollen wir noch was Leckeres zum Ausklang trinken?" Isabella sah ihn erwartungsvoll an.

Er war ihr in den letzten Stunden so vertraut geworden, dass sie ihn noch nicht gehen lassen wollte.

„Ja, warum nicht", nickte er, „wenn *lecker* alkoholfrei bedeutet, kein Problem. Mein Führerschein ist mir heilig."

„Das ist zu schaffen. Mirko ist da. Er macht fantastische Cocktails. Mit und ohne Alkohol."

Konstantin warf einen Blick auf seine Armbanduhr. „Okay, der Tag ist ja noch jung, es ist erst halb neun."

Er hielt ihr die Tür auf und folgte ihr. Im Eingangsbereich zum Restaurant empfing sie ein Duftpotpourri aus einladenden Essensdüften, der durch die offene Tür genauso herüberschwappte wie das zurückhaltende Gemurmel der Gäste. In den Glaswänden zwischen den Fachwerkstreben spiegelte sich das gedämpfte Licht der tief hängenden Lampen, die über festlich eingedeckten Tischen hingen.

„Kein Wunder, dass hier immer was los ist", merkte Konstantin an, der beobachtete, wie vier neue Gäste von Lena empfangen und zu einem reservierten Tisch geführt wurden. „Es ist aber auch wirklich extrem gemütlich und einladend hier."

„Und das nicht nur zur Weihnachtszeit", stimmte Isabella ihm zu. „Lena hat einen ausgezeichneten Geschmack, beim Wein und bei der Einrichtung, tja, und Max verwöhnt die Leute mit seinen Kochkünsten. Das kommt das ganze Jahr über gut an", rief sie ihm über die Schulter zu. „Aber vorne in der Lounge ist um die Uhrzeit noch nicht so viel los."

Sie nahm seine Hand und zog ihn hinter sich her Richtung Bar, wo Mirko letzte Vorbereitungen für den Abend traf. Ein warmes, sehr angenehmes Gefühl kribbelte ihr den Arm hinauf, zur Brust hin. Dass er sie nicht kaltließ, verspürte sie schon den ganzen Nachmittag über, aber ob er in ihr Leben passte, darüber war sie sich noch lange nicht im Klaren. Seit dem Moment, als er sie am Weihnachtsmarktstand abgeholt hatte, ging ihr der Gedanke nicht aus dem Kopf, dass er vielleicht etwas in ihr sah, was sie gar nicht war und für ihn auch nicht sein konnte. Es überraschte sie und schmeichelte ihr, dass er sie so hofierte. Und es machte sie sogar ein bisschen konfus, weil er ein so verdammt aufregender Mann war. Keiner, der nur gut aussah, nein, Konstantin war mehr als das. Er war ein Mann mit inneren Werten. Und genau das bereitete ihr Unbehagen. Er war so ganz anders als die Jungs – ja Jungs – mit denen sie es bislang zu tun gehabt hatte. Themen wie Geschichte, Theater oder gar die griechische Mythologie waren da keine Gesprächsthemen gewesen. Gott bewahre, wozu sollte das gut sein? Es ging tagein, tagaus nur darum, wer wie schnell den Berg hinunterkam. Außerdem um Training, Ernährung, Muskelaufbau, sowie Tages- und Wochenziele. Ach du liebe Zeit! Und jetzt sowas.

Da konnte sie sich doch nur als totaler Banause outen.

Er zog sich die Jacke aus und wollte ihre haben, um sie zum Garderobenständer zu bringen, doch Isabella schüttelte den Kopf.

„Nein, die Garderobe ist eh schon viel zu voll. Gib mir deine Sachen, ich weiß einen besseren Platz. Ich laufe nur schnell rüber in den Personalraum." Ihrer Stimme merkte man nicht an, welcher Sturm in ihr tobte. „Lass dir von Mirko einen Cocktail mixen. Ich bin gleich wieder da."

Der kurze Moment würde ihr helfen, ihre Gedanken zu ordnen. Leider ein Irrglaube, denn als sie ihn auf dem Weg zurück zur Bar aus einem gewissen Abstand betrachten konnte, rutschte ihr das Herz gleich wieder in die Hose. Ganz besonders deshalb, weil sie mitansehen musste, mit wem er sich sehr einträchtig unterhielt: mit Mareike, einer attraktiven Biochemie-Studentin. Zurzeit arbeitete sie als Aushilfskellnerin im Brunnenhof und war von Fabienne und Mirko angeworben worden, um das Brunnenhofteam im Weihnachtsgeschäft zu unterstützen. Na, mit ihr konnte er sich bestimmt auf einem Niveau unterhalten.

Eine nicht zu unterdrückende Eifersucht machte sich in Isabella breit und die Räder in ihrem Hirn begannen zu rattern. War Mareike nun Single oder nicht? Ach verdammt, warum hörte sie bei Klatschgesprächen auch nie richtig zu? Uschi und Lena hatten sich erst vor ein paar Tagen darüber unterhalten.

Jetzt hielt Konstantin Mareike sein Ohr hin. Es war unschwer zu erkennen, dass ihr das gefiel, denn sie redete unablässig auf ihn ein. Mein Gott, der Mann hatte aber auch eine Geduld. Wenn sie dagegen an Georg dachte, der ihr nur dann zuhören konnte, wenn er sie ins Bett haben wollte oder wenn es um Trainingsinhalte ging.

Dass Konstantin, abgesehen von seiner sehr zuvorkommenden Art, bei den Frauen gut ankam, wunderte Isabella nicht. Rein äußerlich war er ein echtes Schnittchen. Und das, obwohl er nicht mal ein Sportler war. Sein Körper konnte sich trotzdem sehen lassen. Mit seiner stattlichen Größe, der schlanken, knackigen Figur – darüber wusste sie spätestens seit der Privatmassage Bescheid – gehörte er ganz sicher zu den Männern, die nicht lange allein blieben.

Aber was um alles in der Welt wollte er dann mit ihr?

Okay, sie wusste schon, dass die meisten Jungs sie ganz hübsch fanden und sich gern mit ihr zeigten, aber was ihre Bildung betraf, jedenfalls die, die sie über den normalen Schulabschluss erworben hatte, damit konnte sie keinen Staat machen. Da würde Mareike sie garantiert um Längen schlagen. Und welchen Bildungsstand er besaß, das hatte er ihr im Park sehr anschaulich gezeigt.

Oh je, das Rennen konnte sie nicht gewinnen. Wenn sie sich nicht als totale Hinterweltlerin präsentieren wollte, war es besser, sich zurückzuziehen.

Mit einem etwas steifen Lächeln näherte sie sich ihm.

„Hi, schmeckt dir der Cocktail?", versuchte sie, unverfängliche Konversation zu betreiben und rief Mirko zu: „Ich nehme einen *Sex on the Beach*."

„Ich habe mich für einen alkoholfreien *Caipi* entschieden", erklärte Konstantin, „wusste gar nicht, dass es den auch ohne Alkohol gibt. Ich kenne nur den mit

Rum ... aber ... wo warst du denn so lange, ich habe dich schon vermisst."

„Ich muss mal wieder was tun", meldete sich Mareike zu Wort, „war nett, dich kennenzulernen", strahlte sie Konstantin an, „kommst du öfter her?"

„Nein, eigentlich nicht. Heute bin ich wegen Isabella da."

„Oh, dann will ich nicht weiter stören." Sichtlich verlegen sah sie ihre vermeintliche Rivalin an. „Das wusste ich nicht, sorry."

„Alles gut", Isabella gab sich großzügig, „er gehört mir ja schließlich nicht ..."

Sie wurde von ihrem Handy unterbrochen, das in ihrer Hosentasche vibrierte. Überrascht zog sie es hervor. Nach einem Blick auf das Display wusste sie, wer am anderen Ende war.

„Simon! Was gibt's?"

Sie wandte sich ab und hielt sich ein Ohr zu, weshalb sie weder mitbekam, wie Konstantin die Stirn krauszog, noch, wie Mareike ihm etwas ins Ohr flüsterte.

Isabella entfernte sich aus der Bar und ging ein paar Schritte zum Fenster, von wo aus sie auf den Innenhof schauen konnte. Der im warmen Licht erleuchtete steinerne Brunnen strahlte eine Ruhe aus, die sie gerne in ihrem Inneren verspürt hätte.

„Isa, meine Süße, wo bist du?", posaunte Simon ihr ins Ohr, „ich hole dich gleich ab und wir fahren in die Bar, von der ich dir erzählt habe. Ich bin so verdammt gut drauf. Wir haben das Match gegen unseren Erzrivalen gewonnen."

Im Hintergrund hörte man ein lautes Johlen und Pfeifen.

„Es ist eine absolut geile Stimmung hier, meine Süße, das musst du erleben. Hey, ich brauche dich hier. Setz dich in ein Taxi und komm her!“

„Tut mir leid, Simon, aber daraus wird nix. Ich kann hier nicht weg. Ein andermal gerne.“

„Och Mann, warum denn jetzt schon wieder nicht? Hast du denn niemals frei?“

„Doch, habe ich. Und wir hatten auch ausgemacht, dass wir uns dafür verabreden. Nun sei nicht so grantig. Ich gehe schon noch mit in diese Bar. Ich melde mich morgen bei dir, dann können wir was ausmachen, okay?“

„Also wenn, dann machen wir gleich was aus. Das ist mir lieber. Passt dir Mittwochabend?“

„Da habe ich noch nichts vor.“

„Gut, dann ist das jetzt abgemacht. Vergiss mich nicht.“

„Wie sollte ich dich vergessen? Alles klar, dann bis Mittwoch.“

An der Bar angekommen, sprang Konstantin vom Hocker und klopfte einladend auf das Polster. Inzwischen waren alle Plätze rings um die Bar belegt.

„Komm, setz dich.“ Er stellte sich neben sie und schob ihr den Cocktail hin. „Hier! Der wird warm, wenn du noch länger wartest.“

Isabella steckte sich den Strohhalm in den Mund, schloss die Augen und sog genüsslich an dem süßen Alkohol.

„Hmm, der ist so lecker!“ Sie spürte seine forschenden Blicke auf sich. „Das Rezept kann ich aus dem Kopf“, lachte sie und schob das Glas in die Mitte. Wie schmeckt dir der alkoholfreie Caipi?“

„Sehr gut. Hätte ich gar nicht erwartet, aber wäre das nicht eine Richtung, in die du gehen könntest?“

Sie sah ihn verständnislos an.

„Na ja, ich dachte, wenn es um deine berufliche Zukunft geht. Da wäre doch eine Ausbildung in der Gastronomie nicht schlecht. Du hast von Haus aus optimale Voraussetzungen dafür. Die Branche boomt. Gegessen und getrunken wird immer.“

„Jaja, ich weiß, damit liegt mir meine Familie schon dauernd in den Ohren, aber es begeistert mich nicht wirklich“, schüttelte sie den Kopf. „Klar helfe ich gerne mal aus. Dann macht mir das auch Spaß, aber jeden Tag und viele Jahre ... nein, das kann ich mir nicht vorstellen.“

„Was kannst du dir denn vorstellen?“

Als er näher rückte, um an ihr vorbei zu seinem Cocktail zu greifen, krabbelte ihr der dezent holzige Duft seines Aftershaves in die Nase und brachte sie durcheinander. Sie musste sich zusammenreißen, um ihn nicht zu berühren. In seiner Nähe erwachte ihre vernachlässigte Weiblichkeit zu neuem Leben. Eigentlich schon das zweite Mal, wenn sie es sich recht überlegte.

„Oh ... äh ja, wenn ich das mal so genau wüsste“, erinnerte sie sich an seine Frage. „Mein ganzes Leben war auf Sport ausgerichtet. Ich ... ich kann nichts anderes außer Skifahren“, stammelte sie unglücklich und griff hastig zu ihrem Cocktail. Sie steckte sich den Strohhalm in den Mund und begann, kräftig daran zu saugen.

Konstantin schien zu überlegen, als er sie betrachtete und dabei an ihrem Mund hängenblieb.

„Das glaube ich dir nicht", schüttelte er den Kopf und stellte das Glas zurück auf den Tresen. Ohne Hast rückte er von ihr ab und Isabella atmete erleichtert auf. Lange hätte sie sich nicht mehr beherrschen können, dann hätte sie ihn ... ja was denn?

Am liebsten geküsst.

Wie sich diese vollen Lippen wohl anfühlten?

„Soll ich dir mal aufzählen, was du alles kannst?", hörte sie ihn von weit her sagen und besann sich wieder auf die Realität. „Also spontan fällt mir da verkaufen, kellnern und Geschenke einpacken ein", zwinkerte er ihr zu. „Und das Allerwichtigste – jedenfalls aus meiner Sicht – ist die sehr professionelle Massage, die du mir verabreicht hast. Also erzähl mir nicht, du könntest nur skifahren."

Abermals überraschte er sie damit, wie aufmerksam er war. Kein Satz, den er von sich gab, war nur so dahingesagt oder oberflächlich und gedankenlos.

„Ach komm, da ist doch nichts dabei ..."

„Jetzt sag bloß nicht, das kann doch jeder, du weißt genau, dass das nicht stimmt. Ich kann dir zwar den Rücken streicheln oder mit Sonnencreme einschmieren, aber ihn ganz gewiss nicht so behandeln, dass deine Muskulatur sich hinterher besser anfühlt. Und wenn ich an einem Tisch mit zwanzig Personen eine Getränkebestellung aufnehmen sollte, bin ich mir nicht sicher, wie lange ich brauchen würde, damit hinterher jeder sein Getränk hat."

„Ja okay, wenn du das sagst. War mir nicht bewusst, aber so besonders ist das nun auch wieder nicht", brummte sie und bekannte damit, dass er recht hatte. „Wenn du die Kurse besucht hättest, die ich besucht habe und wenn du so oft massiert worden wärst wie ich, könntest du das auch.“

Sie stutzte, weil ihr Dirk, der Physiotherapeut mit den außergewöhnlichen Behandlungsmethoden, in den Sinn kam. Die Erleuchtung traf sie wie der Blitz und sie hielt den Atem an. „Aber vielleicht hast du recht“, atmete sie langsam wieder aus und starrte dabei auf das leere Cocktailglas, in dem nur noch ein paar Eiswürfel im Schmelzwasser schwammen. „Hab’ ich dir eigentlich schon von dem Physio der Huskies erzählt?“

„Von der Eishockeymannschaft? Was hast du denn mit denen zu tun?“

„Der Kontakt ist über Simon entstanden. Ich kenne ihn noch vom Sportinternat. Er spielt bei den Huskies“, mit den Händen unterstrich sie das Gesagte und sah ihn aufgekratzt an, „du musst wissen, ich bin bei Dirk in Behandlung. Der ist wirklich der Hammer, das kannst du glauben. Was der alles drauf hat, einfach fantastisch.“

Mit Feuereifer erzählte sie Konstantin von Dirks Behandlungsmethoden.

„… wenn ich das lernen könnte, dann wäre das der Beruf meiner Wahl. Also zusammen mit der klassischen Ausbildung zum Physiotherapeuten, Masseur, et cetera, eben alles, was es da noch zu wissen gibt, meine ich“, schloss sie ab.

„Na, das passt doch perfekt.“ Er hob die Hand und sie klatschte ihn ab. „Da kannst du all deine Erfahrungen als Spitzensportlerin mit einbringen. Das ist ein echtes Plus, womit nicht viele deiner zukünftigen Kollegen aufwarten können. Wenn du gut bist, werden dir die Sportler aus ganz Deutschland die Bude einrennen.“

„Ach, du bist ja süß", lachte sie. „An was du alles denkst ... ich muss doch erst mal eine solide Ausbildung absolvieren, ganz zu schweigen von den vielen Fortbildungen, ohne die man überhaupt nicht an all das Wissen kommt."

„Siehst du, wie gut, dass dir das schon bewusst ist", nickte er anerkennend, „aber ohne klare Ziele erreichst du nichts und wenn du dir ausmalen kannst, dass die Elite des Spitzensports sich bei dir die Klinke in die Hand gibt, dann kann das auch irgendwann so kommen."

Isabella war über die Erleuchtung, nach der sie sich schon seit Monaten sehnte, so erleichtert, dass sie ihm spontan um den Hals fiel.

„Entschuldige den Überfall", murmelte sie an seinem Hals. Die raue Wolle des grob gestrickten Pullis, den er über einem Hemd trug, kratzte ihr auf der Haut und am liebsten wäre sie ihm mit den Fingern durch die Haare und den Bart gefahren. Nur einmal spüren, wie das sich anfühlte. Die feste Muskulatur unter dem Pulli fühlte sich auf jeden Fall sehr einladend an. Als ihr bewusst wurde, wo ihre Gedanken hingingen, löste sie sich hastig von ihm und überspielte ihre Verlegenheit mit einem schiefen Lächeln.

„Du hast überhaupt keine Ahnung, wobei du mir gerade geholfen hast", erklärte sie ihm augenzwinkernd und drehte sich zu Mirko um.

„Mach uns bitte noch mal das Gleiche wie eben."

Konstantin, der noch immer einen Arm um ihre Taille gelegt hatte, ließ sie nur ungern los. Noch wusste er nicht, ob er sich Hoffnungen bei ihr machen durfte oder nicht. Sie war so widersprüchlich in ihrem

Verhalten. Einerseits hatte er das Gefühl, sie sprang genauso auf ihn an wie er auf sie und andererseits spürte er einen deutlichen Widerstand. Es wurde Zeit, das herauszufinden. Allein die Tatsache, dass ihre Heimat in Italien war, komplizierte die Situation ohnehin schon mehr als ihm lieb war. Er sah auf die Uhr. Kurz vor zehn. Wenn er nicht die ganze Nacht grübeln wollte, musste er jetzt handeln.

„Wie wär's, wenn wir am Mittwochabend wieder etwas unternehmen würden?" Konstantin ließ einen Bierdeckel kreiseln und beobachtete, wie er sich drehte.

Mirko stellte die Getränke vor ihnen ab, weshalb Isabella nicht sofort antworten konnte. Aber auch danach schwieg sie. Konstantin überbrückte die Situation, indem er mit ihr anstieß und ihr dabei bewusst tief in die Augen sah. Ernüchtert musste er feststellen, dass sie seinem Blick auswich. Die Enttäuschung darüber zog ihm den Boden unter den Füßen weg.

„Tja, das wird schwierig", antwortete sie endlich, „Mittwochabend habe ich schon was vor. Sim... hat mich ... äh, ich gehe mit Bekannten in eine Bar." Wieder vermied sie es, ihn anzusehen.

Konstantin wusste sofort, mit wem sie den Abend verbringen würde: mit diesem Eishockeyspieler. Und wenn sie ihm das nicht preisgeben wollte, dann war da mehr dran, als sie jetzt zugab.

„Hat dir der Tag heute gefallen?", wechselte er urplötzlich das Thema und seine Stimme klang tonlos.

„Oh ja, so ein schöner Tag. Er wird für mich vermutlich in die Geschichte eingehen", rief sie übermütig, „immerhin hast du mir gerade dabei geholfen, nicht länger planlos durchs Leben zu irren."

„Na wenigstens etwas." Konstantin konnte die Resignation nicht aus seiner Stimme herausfiltern.

Spontan beschloss er zu gehen und trat einen Schritt zurück. Erneut warf er einen Blick auf die Uhr. Wozu sollte er noch länger bleiben? Er hatte verstanden. Das letzte Signal war ein klares Nein. Das kam gerade jetzt noch deutlicher rüber, als sie ihn behandelte, als sei er ihr bester Kumpel.

„Ich möchte zahlen." Er schob das leere Glas nach hinten und sah an ihr vorbei. „Würdest du mir bitte meine Jacke holen?"

„Ja, natürlich ... aber die Getränke gehen aufs Haus." Fragend sah sie ihn an, bevor sie nach hinten lief.

Er stand bereits im Ausgangsbereich, als sie zurückkam.

„Hier ... aber ist wirklich alles okay bei dir? Du bist auf einmal so ..."

„Doch doch, natürlich, was soll schon sein?"

„Jetzt sag doch was. Ist es ... ach, ich weiß, ich habe dich enttäuscht, weil ich eben auf deine Frage nach Mittwochabend ..."

„Lass gut sein, Isabella, ich bin einfach nur müde. Es gibt Sachen, über die muss man nicht mehr reden, weil sie unmissverständlich sind. Lass es uns also lieber dabei belassen, okay?"

„Nein!" Sie folgte ihm nach draußen auf den Hof, wo die Lichter des Beetles aufblinkten, und umfasste seinen Arm. „Jetzt lauf doch nicht einfach so weg. Außerdem hätte ich zu dem Tag noch eine Frage."

Er ging um den Wagen herum und stellte sich neben die Tür. „Und die wäre?"

„Konstantin, bitte, jetzt sei doch nicht so. Was ist denn auf einmal los? Von einem auf den anderen Moment bist du wie ausgewechselt. Ich weiß gar nicht ... was hab’ ich denn falsch gemacht?“

„Gar nichts. Wirklich. Es war ein schöner Tag und jetzt ist er zu Ende. Das ist alles.“

„Aber ... was den Tag betrifft ...“ Sie sah kurz nach oben in den alten Baum zur Lichterkette und suchte ganz offensichtlich nach Worten. „Es ... es will mir einfach nicht in den Kopf, dass du den ganzen Aufwand nur deshalb betrieben hast, weil ich ...“, sie räusperte sich, „also ... weil ich dir ein bisschen den Nacken massiert habe.“

Konstantin sah sie ruhig an, antwortete aber nicht sofort. „Und wenn doch?“

Isabella lief um den Beetle herum und stellte sich vor ihn.

„Aber das ist doch verrückt! Hör zu! Bitte versteh mich. Ich habe mich sehr darüber gefreut, so sehr, dass ich es kaum in Worte fassen kann. Das hat noch keiner für mich getan.“

„Aber?“

„Nein, kein Aber, nur ...“, sie sah ihn geradezu beschwörend an, „ich mag dich, Konstantin. Sehr sogar, aber ich weiß nicht, ob ich in dich verliebt bin. Um ehrlich zu sein, weiß ich im Moment gar nichts, außer dass ich Spaß ohne Verpflichtungen haben will.“

„Und dafür bin ich der Falsche, verstehe ich das richtig?“

„Ja ... nein, ach das weiß ich ja eben nicht. Du bist kein Draufgänger. Du bist ein Feiner. Ein Mann mit

Geschmack und Bedacht. Das hast du heute bewiesen und das sieht man dir auch an."

„Aha. Ist das jetzt gut oder schlecht für mich? Das wäre noch interessant zu wissen ... nur für die Zukunft, meine ich."

„Konstantin, bitte hör auf damit." Sie verschränkte die Arme vor der Brust, weil sie zu frieren begann. „Ich will das hier nicht kaputtmachen, aber ich möchte auch nicht diejenige sein, die dich verletzt. Das liegt mir nicht und täte mir auch ganz furchtbar leid. Du hast dir so eine Mühe mit dem Tag heute gemacht. Ein wunderschöner Tag für mich. Wirklich."

„Ich habe mir keine Mühe gemacht. Wenn ich etwas gerne mache, ist das keine Mühe."

Konstantin starrte für einen Moment in den sternenklaren Himmel.

„Mir war es das wert, sonst hätte ich es ganz sicher nicht gemacht. Außerdem könnte ich dich jetzt genauso gut fragen, warum du die Einladung angenommen hast."

„Das habe ich dir doch gerade gesagt", rief sie, „weil ich dich mag."

„Und was ist mit dem Eishockeyspieler? Den magst du doch auch. Ist der vielleicht der Richtige dafür, Spaß ohne Verpflichtungen zu haben?"

Er öffnete die Tür und stieg ein. Von unten herauf sah er sie ausdruckslos an.

„Geh besser rein, sonst wirst du noch krank. Ich muss dann mal los. Gute Nacht, Isabella."

Ehe sie ihm antworten konnte, hatte er die Tür zugeschlagen und startete den Wagen.

Zwölf

Die Vorweihnachtszeit ging in die letzte Runde, was die Besucherzahlen auf dem Weihnachtsmarkt weiter ansteigen ließ. Nur noch acht Tage bis zum Heiligen Abend. Konstantin konnte es kaum erwarten, dass der verdammte Weihnachtsrummel endlich vorbei sein würde. In den wenigen Minuten, in denen es sein randvoller Arbeitstag zuließ, beschäftigte er sich nur noch mit einer Sache: Wie konnte er über die Feiertage völlig abtauchen? In einen Flieger steigen und sich die Sonne auf den Bauch scheinen lassen, war jedenfalls keine Option. Diese Möglichkeit hatte ihm sein Chef gründlich versaut. Der Weihnachtsmarkt hatte seine Pforten zwar über die Feiertage – wozu auch der Heilige Abend zählte – geschlossen, konnte aber dennoch bis zum 30. Dezember besucht werden. Da lohnte es sich also nicht mal, die Koffer zu packen. Und auf eine Vertretung zu hoffen, war so aussichtsreich wie ein Schneesturm in der Sahara.

Bei seinen Rundgängen mied Konstantin den Bereich des Südtiroler Standes nicht ganz, aber er sah doch zu, dass er dort nur zu den Tageszeiten vorbeiging, an denen die Besucherzahlen am höchsten waren. So kam er erst gar nicht in die Verlegenheit, mit Isabella sprechen zu müssen. Es kostete ihn ohnehin schon seine ganze Vernunft, sie sich aus dem Kopf zu schlagen. Es gab zwischendurch zwar Momente, in denen er ihr am liebsten eine Nachricht schreiben würde, doch was sollte das bringen? Er sehnte sich nach einer Frau, die ihn richtig wollte – so, wie er war. Ganz und gar. Mit Haut und Haaren und mit ganzer Leidenschaft und keine, die ihn nur mochte, weil er so nett und umgänglich war. Ach ja, attraktiv fand sie ihn ja auch. Aber nützen tat ihm das auch nichts. Warum konnte er sich denn verdammt noch mal nicht für Madelaine begeistern? Sie würde ihn sofort nehmen. Mit Kusshand. Das wusste er, das nützte ihm aber genauso wenig, weil sie ihn nun mal kein bisschen reizte.

Scheiße! Wieso musste er sich ausgerechnet in eine Frau verlieben, die solche schwierigen Umstände mitbrachte? Es brauchte doch nur eine zu sein, die ihm genauso gefiel wie ihm Isabella gefiel und dazu noch am besten eine, die von hier kam. Dabei wusste er ganz genau, dass ihm kein Weg zu weit gewesen wäre, wenn sie es nur zugelassen hätte.

Felix beobachtete mit Sorge, wie sich Konstantin in den letzten Tagen verändert hatte. Trotz aller Vertuschungsversuche bemerkte er sehr wohl, wie niedergeschlagen sein Freund mitunter wirkte. Jedoch gab er es nach mehreren Anläufen auf, mehr als das Nötigste aus ihm herausbekommen zu wollen. Er war sich allerdings sicher, dass es irgendetwas mit der *Tempelbesetzung,* wie Konstantins Picknick hinter vorgehaltener Hand von den Kollegen betitelt wurde, zu tun haben musste. Die Aktion war unter den Mitarbeitern des Bau- und Gartenamtes natürlich nicht ganz unbemerkt geblieben.

Auch Isabella konnte den Tag mit Konstantin nicht so einfach ad acta legen. Ständig ertappte sie sich bei der Frage, wann sie ihn wiedersehen würde. Einerseits war sie froh, dass er sich nicht blicken ließ und andererseits sah sie sich immer wieder nach ihm um oder checkte ihre Handynachrichten. Doch es kam kein Lebenszeichen von ihm. Selbst Fabienne gab sich verwundert darüber, dass der Marktaufseher, der doch sonst sogar zweimal am Tag vorbeigekommen war, nun völlig abtauchte. Isabella hütete sich, ihr das zu erklären. Bei der Begeisterung, die Fabienne und Lena für ihn hatten, konnte sie nur verlieren. Warum gründeten sie nicht gleich einen Konstantin-Fanclub, dann wäre doch die Welt in Ordnung.

Nein, beschloss Isabella. Es gab eben nun mal Entscheidungen, die musste man mit sich selbst ausmachen. Aus ihrer Sicht passte Konstantin nicht zu ihr, auch wenn er noch so gut aussah und noch so viele tolle Eigenschaften hatte. Sie war nun mal die geborene Sportlerbraut. Da fühlte sie sich wohl und verstanden und brauchte sich keine Sorgen um ihren Bildungsstand zu machen. Außerdem war eine Fernbeziehung ohnehin zum Scheitern verurteilt. Wie sollte man denn siebenhundert Kilometer überbrücken?

Und ihr dummes Herz, das nur schon bei dem Gedanken an ihn anfing, wie wild zu pochen, würde sich auch wieder beruhigen. Basta!

Am Mittwochnachmittag gegen fünf rief Simon an. Isabella bediente rasch einen Kunden zu Ende, zog sich an den Rand des Standes zurück und hielt sich dann ein Ohr zu, um ihn besser verstehen zu können.

„Hi Süße, wo bist du? Ich will dich nachher um sieben abholen", rief er in den Hörer. „Es bleibt doch dabei, oder?"

„Ja klar bleibt's dabei. Ich freu' mich doch. Aber schon um sieben? Nein, das schaffe ich nicht. Wo denkst du hin? Hier ist der Teufel los. Ich muss bis um acht arbeiten und dann möchte ich mir auch noch was anderes anziehen. Ich könnte allerhöchstens eine halbe Stunde früher, aber umziehen muss ich mich dann immer noch."

„Na gut, dann hole ich dich um eben um halb acht ab. Aber sei pünktlich, sonst verpassen wir das Beste."

Aber auch am Abend ließ der Trubel nicht nach. Ganz im Gegenteil: Gerade in der Dunkelheit suchten viele die heimelige Atmosphäre des Weihnachtsmarktes, trafen sich mit Freunden auf ein Glas Glühwein oder stöberten durch die Stände. Beinahe minütlich schaute Isabella auf die Uhr und saß wie auf heißen Kohlen.

„Meinst du, du kommst jetzt allein klar?", raunte sie Fabienne an der Kasse zu, weil sie Wechselgeld benötigten, „ich werde gleich abgeholt."

Fabienne sah sich kurz um und nickte. „Ich denke schon. Die meisten sind eh nur noch zum Essen und Trinken hier. Bei uns gucken die bloß noch. Das geht in Ordnung. Triffst du dich mit Konstantin?"

„Nein", schüttelte Isabella vehement den Kopf und vermied es, ihrer Kollegin ins Gesicht zu sehen, „ich treffe mich mit Simon. Er nimmt mich mit in eine Bar. Wir wollen Party machen."

„Mit Simon in eine Bar? Aha." Fabienne klappte die Metallkassette zu und zuckte mit den Schultern. „Ich dachte, du stehst auf Konstantin. So kann man sich irren."

Isabella beglückwünschte sich, dass sie Fabienne nicht viel über den Tag mit Konstantin im Park erzählt hatte. So brauchte sie sich jetzt nicht zu rechtfertigen. Sowieso ging es niemanden etwas an, mit wem sie sich traf. Trotz regte sich in ihr. Als wenn Konstantin der einzige Mann auf der Welt wäre!

Wenig später stand Simon vor ihr. Mit offenem Mantel und weit aufgeknöpftem Hemd, unter dem nackte Haut hervorblitzte – bei Temperaturen um die null Grad! Er roch wie ein ganzer Parfümladen und wirkte enorm aufgekratzt. Ohne auf die Umgebung zu achten, packte er sie in einer blitzschnellen Bewegung und umarmte sie stürmisch. Dass sie sich gerade in einem Gespräch mit einer Frau befand, die beabsichtigte, eine Ferienwohnung in Südtirol zu buchen, interessierte ihn dabei nicht.

„Simon! Bitte! Einen kleinen Moment noch", keuchte Isabella, die damit nicht gerechnet hatte.

„Schatz, ich hab' dir doch gesagt, dass wir nicht viel Zeit haben. Jetzt komm, beeil dich."

„Schon gut", reagierte die Frau gelassen, die zuvor Simon von oben bis unten mit einem abschätzigen Blick gemustert hatte, „ich habe den Flyer, da kann ich mich informieren. Vielen Dank. Ich melde mich."

„Ja, bitte tun Sie das", konnte Isabella nur noch rufen, denn Simon zerrte sie schon hinter sich her.

„Moment mal, jetzt lass mich doch mal los. Ich muss doch noch meine Tasche holen."

Sie konnte sich kaum noch von Fabienne verabschieden, die Simons Auftritt zwar mit kritischen Blicken, aber kommentarlos verfolgte.

Auf dem Weg zum Brunnenhof stand Isabella tausend Ängste aus. Simon raste wie ein Verrückter durch die Stadt. Als er bei Dunkelgelb über eine Ampel brauste, hielt sie die Luft an.

„Spinnst du?! Warum hast du's denn so furchtbar eilig? Ich verstehe das gar nicht. Es ist doch noch so früh am Abend", rief sie empört.

„Das kannst du auch nicht. Wir sind eben fixe Jungs. Unsere Partys beginnen und enden früh, weil wir am nächsten Tag wieder zeitig auf dem Eis stehen müssen. Das weißt du doch selbst, dass im Profisport alles ein bisschen anders ist. Schon vergessen? Bis zum Abwinken Party machen, ist nicht. Verzichten aber auch nicht. Also feiern wir eben ein paar Stunden früher. Was ist denn daran nicht zu verstehen?"

Isabella schwieg und versuchte den Anfall von Trauer zu unterdrücken, den er mit der Aussage über den Profisport bei ihr ausgelöst hatte. Nein, sie hatte gar nichts vergessen, sondern die letzte Zeit nur sehr erfolgreich verdrängt.

Im Brunnenhof angekommen, schob er sie geradezu durch den Eingang und rief ihr, als sie die Treppen hinauflief, hinterher: „Zieh dir was Nettes an. Bloß nicht zu viel. Da, wo wir hingehen, ist es warm."

Oben in ihrem Zimmer schälte sich Isabella aus der dicken Trachtengarderobe und stylte sich die volle Haarpracht, bis sie ihr in weichen Wellen um die Schultern fiel. Allmählich fühlte sie sich wieder wohler und begann, sich auf den Abend zu freuen. Endlich mal was anderes als immer nur Weihnachtsmarkt. Sie war schon sehr gespannt, was die Eishockey-Jungs unter Partymachen verstanden und vor allem, wer noch alles anwesend sein würde.

Sie entschied sich für eine super eng anliegende metallisch glänzende Röhrenjeans, ein schwarzes Top und eine weiße Bluse. Sie wusste, wie cool das in violettem Licht aussah. Nur mit High Heels konnte sie nicht dienen, das hatte ihr der Therapeut vorerst konsequent untersagt. Sie tupfte sich ein bisschen Parfüm hinter die Ohren und benutzte einen beerenfarbenen, natürlich wirkenden Lippenstift – fertig. Abschließend schlüpfte sie in flache Stiefeletten und lief die Treppe hinunter.

„Wow", begrüßte Simon sie und hob den Daumen. „Da werden meine Kumpels aber Augen machen."

Noch ehe sie ihm antworten konnte, dass sie sich über sein Lob freute, war er schon an der Tür. Eilig zog sie sich den Mantel über und folgte ihm. Er saß bereits im Wagen, als sie nach draußen kam.

„Bitte fahr nicht wieder so schnell", bat sie ihn augenzwinkernd und zog die Tür hinter sich zu, „das macht mir Angst."

„Aber Süße, bei mir musst du doch keine Angst haben. Ich fahre mit geschlossenen Augen immer noch besser als die meisten mit offenen. Entspann dich einfach. Vor uns liegt ein saugeiler Abend."

Er fuhr noch schneller als auf der Hinfahrt.

Die bekannte, sehr angesagte Bar lag im Zentrum der Stadt und befand sich im Untergeschoss einer von Läden gesäumten Straße. Simon parkte unweit des Eingangs, von wo aus man schon die lautstarken Bässe hören konnte, die hinter einer dick gepolsterten Tür pochten.

Aufgekratzt eilte er, ohne auf Isabella Rücksicht zu nehmen, mit schnellen Schritten und wehendem

Mantel vor ihr her, sodass sie gezwungen war, buchstäblich hinter ihm herzuhechten.

„Es wird dir gefallen, rief er ihr über die Schulter zu. Die spielen geile Mucke. So richtig was zum Abrocken, verstehst du?"

Eine Antwort schien er nicht zu erwarten, denn er stürmte unverdrossen weiter.

Im Eingangsbereich empfingen sie zwei glatzköpfige, düster dreinblickende Muskelmänner in schwarzen Anzügen, die prüften, wer hereinkam. Sie begrüßten ihn mit einem kaum merklichen Kopfnicken. Jetzt umfasste Simon besitzergreifend Isabellas Hand, um klarzustellen, dass sie zu ihm gehörte.

Im Inneren des Tanzlokals erstreckte sich eine ellenlange Theke über den kompletten schlauchartigen Raum. Stampfende Bässe übertönten alles. Im hinteren Bereich drehten sich einige sehr attraktive Frauen auf einer eher übersichtlichen Tanzfläche. Isabella wunderte sich, dass um die Uhrzeit überhaupt schon so viel los war. Normalerweise ging die Post in solchen Schuppen doch erst um Mitternacht ab. Nicht, dass sie selbst jemals Teil davon gewesen wäre. Nicht ein einziges Mal und schon gar nicht ohne irgendeinen Verantwortlichen, der ein Auge auf seine Schützlinge gehabt hatte. Wer am nächsten Tag Rennen fahren wollte oder ins Training musste, konnte nicht am Abend davor haltlose Partys feiern. Wieder flackerte Wehmut in ihr auf.

Sie sah sich um. Irgendwie hatte sie vom Nachtleben in einem Club mehr Glamour erwartet, stellte sie ernüchtert fest. Wenn das das Partyleben sein sollte, wovon man ihr immer vorgeschwärmt hatte, wusste sie nicht, ob es für sie so erstrebenswert war, das noch öfter zu zelebrieren.

Zelebrieren! Seit wann benutzte sie solche Worte? Wenn auch nur in Gedanken.

Konstantin. Was er wohl gerade machte?

Eigentlich hätte er heute Abend etwas mit ihr unternehmen wollen. *Schluss jetzt,* ging sie sofort mit sich selbst ins Gericht, sie hatte sich entschieden, ihre freie Zeit mit Simon zu verbringen. Einem Mann, den sie schon so viele Jahre kannte. Außerdem fing der Abend eben erst an.

Simon ließ sie wieder los und ging zielstrebig auf eine Traube von Männern zu, die sich an der Theke verteilt hatten. Die vier Kerle, die alle so aussahen, als würden sie zum Team gehören, empfingen ihn mit einem lauten Hallo.

„Hey Alter, willst du uns endlich mal dein Fräulein vorstellen, oder was?“, grölte einer mit einem englischen Akzent. „Wird aber auch Zeit, ey!“

Simon schnappte sich Isabella, schlang ihr einen Arm um die Taille und zog sie ganz eng zu sich heran.

„Na, hab ich euch zu viel versprochen?“, rief er. „Das ist meine Süße. Sie ist zu Besuch in der Stadt und kommt genau wie ich aus Südtirol.“

Isabella fühlte sich durch die Behauptung so überrumpelt, dass sie außerstande war, dem etwas zu entgegnen. Aus ihrer Sicht gab es noch keinen Grund für so eine Aussage. Deshalb hob sie nur die Hand und rief: „Hallo Jungs, grüßt euch.“

So schnell, wie er sie in Beschlag genommen hatte, so schnell ließ er sie auch wieder los. Sie taumelte.

„Wie wär's zur Feier des Tages mit einem Sekt?", strahlte er sie an.

Als er sich, ohne ihre Antwort abzuwarten, über die Theke beugte, um den Schampus zu bestellen, realisierte sie, dass es nur eine rhetorische Frage gewesen war. Mit einem gewissen Neid betrachtete sie die attraktive und selbstsichere Barfrau, die kaum älter als sie selbst sein konnte. Eigenschaften, die sie allerhöchstens im nächsten Leben erreichen würde, so naiv und dumm, wie sie sich gerade fühlte.

Warum hatte sie ihm nicht gesagt, dass sie lieber etwas anderes trinken würde? Von Sekt bekam sie schnell Sodbrennen, aber vor allem machte er sie müde. Viel lieber wäre ihr ein Radler gewesen.

Nachdem er ihr das Glas gereicht hatte, verbrachte Isabella die Zeit damit, gelangweilt in die Runde zu schauen. Simon, der es nicht mal für nötig gehalten hatte, mit ihr anzustoßen, fachsimpelte lieber mit seinen Mannschaftskollegen und beachtete sie kaum. Sie fragte sich allmählich, warum er sie unbedingt hatte dabeihaben wollen. Aber noch mehr stellte sie sich die Frage, wo denn in aller Welt die geile Party stattfand, von der er ihr so vorgeschwärmt hatte. Sie langweilte sich und gab vor, am Sekt zu nippen, ohne ihn tatsächlich zu trinken. Und da die Frauen tanzten, konnte ein Gespräch erst gar nicht aufkommen. Isabella fühlte sich ausgegrenzt, was nicht nur an der Lautstärke lag, die stampfend und dröhnend aus den Boxen schallte.

Zwangsläufig gingen ihre Gedanken auf Wanderschaft und landeten wie von selbst bei dem schönen Tag, den sie mit Konstantin verlebt hatte. Ob er sie auch so allein hätte herumstehen lassen? Nein, entschied sie, dafür hatte er ein viel zu gutes Benehmen. Aber konnte man die Situationen vergleichen? Auch nicht. Das hier war ein völlig anderer Hintergrund. Und sie wollte Simon gegenüber nicht ungerecht sein.

Als die Musik sich in Richtung Hip Hop änderte, fingen die Ladys an zu murren. Nach und nach kamen sie von der Tanzfläche zurück und gesellten sich zu der Runde der Männer. Der Alkoholkonsum stieg schlagartig an und die Hemmungen fielen. Aufreizende Umarmungen und eindeutige Zoten folgten. Isabella bekam Zweifel, ob es sich bei den Frauen tatsächlich um echte Liebespartnerinnen handelte oder doch eher um einen Escortservice.

Sie erschrak, weil Simon sie plötzlich in einer ungewöhnlich besitzergreifenden Art zu sich heranzog und den Arm um sie legte.

„Kann der denn nicht mal wieder was Groovigeres spielen?", maulte eine bildhübsche Dunkelhaarige und verzog dabei die perfekt geschminkten Lippen.

„Lass, ich kümmere mich", tönte Simon mit wichtiger Miene, „mir geht der Sound auch auf den Geist."

Isabella überzog eine Gänsehaut der ganz üblen Sorte. Diese Seite, die er ihr hier von sich zeigte, war ihr neu und sehr unsympathisch. Doch Simon war so von sich überzeugt, dass er ihr Unbehagen nicht bemerkte. Hastig löste er sich von ihr, stürmte los und baute sich angeberisch vor dem DJ auf. Da außer dem Team der Eishockeymannschaft kaum ein Fremder in dem Club war – so viel hatte Isabella in der Zwischenzeit ausgekundschaftet –, stand Simon vor keiner allzu großen Herausforderung. Gleich darauf wurde der Raum mit gängiger Dancefloor Musik geflutet und die Mädels fingen wieder an, sich zu regen. Im Takt der Lieder ließen sie die Hüften kreisen.

Die Tanzfläche wurde zur Bühne.

In der Mitte die Frauen. Ringsherum die Männer. Angetrieben von lautem Gejohle, wurden die Bewegungen immer herausfordernder. Einer der Spieler gesellte sich zu den Ladys. Ähnlich wie Simon trug er das Hemd offenherzig locker über der engen Jeans. Er schob seinen strammen Oberschenkel zwischen die Beine einer Frau, die einen sehr kurzen Rock trug. In eindeutigen Posen begannen sie sich zu bewegen. Die anderen ließen sich davon animieren und folgten dem Beispiel. Auch wenn Isabella nicht prüde war und längst nicht mehr unschuldig, empfand sie das frivole Verhalten der Frauen derart anstößig, dass sie nicht mehr wusste, wohin sie schauen sollte. Sie war kurz davor, zu gehen. Um nicht länger zuschauen zu müssen, wandte sie sich ab und stellte sich an die Theke, sodass die rotierenden Scheinwerfer sie nicht mehr erreichen konnten.

Doch das Spektakel hatte seinen Höhepunkt noch immer nicht erreicht. Das erste Hemd flog auf die Tanzfläche. Danach rutschte eine Männerjeans in die Kniekehlen. Nicht die Letzte. Eine der Ladys eroberte das Thekenplateau. Dort führte sie den Tanz fort, als wäre sie in einer Stripteasebar. Isabella wäre am liebsten im Erdboden versunken. Um Himmels willen, wo war sie denn hier nur hingeraten?

Vorsichtig sah sie sich um und ahnte, dass diese Party im übertragenen Sinne unter Ausschluss der Öffentlichkeit stattfand. Jeder kannte jeden und keiner zeigte sich verwundert. Eine böse Vorahnung machte sich in ihr breit und eine Gänsehaut überlief sie.

Simon, der in der Nähe des Discjockeys gestanden hatte, sah sich suchend nach ihr um und kam zu ihr herüber. Er zwinkerte ihr zu und zog sie mit auf die Tanzfläche.

„Komm Isa, zeig mal, wie du gut du dich bewegen kannst."

Sie schüttelte den Kopf und versuchte ihn verschämt lachend davon abzubringen, doch er gab ihr keine Chance, abzulehnen. Unerbittlich zog er sie mit sich auf die Tanzfläche. Sie schaffte es gerade noch, das Sektglas, an dem sie sich die ganze Zeit festgehalten hatte, auf einem der am Rand stehenden Stehtische abzustellen.

Um kein Aufsehen zu erregen, fügte sie sich und tanzte im Rhythmus der Musik. Eher unauffällig und am Rand der Tanzfläche. Doch das gefiel Simon offensichtlich nicht, denn er versuchte, sie zu aufreizenderen Posen zu animieren, indem er seine Hüften in eindeutiger Pose gegen ihre drängte. Das allein war ihr schon megapeinlich, doch die Krönung war, dass er sie dazu bewegen wollte, auf der Theke weiter zu tanzen. Ohne auf ihre deutliche Abwehr zu achten, schob er sie nach vorn und machte Anstalten, sie hinaufzuhieven.

Isabella fing an, sich zu wehren. Ihr brach der Schweiß aus und ihr Herz fing an zu rasen.

„Bist du verrückt?!", schrie sie ihn an. „Soll ich da runterstürzen? Mein Bein ist gerade erst verheilt!"

Wie vom Donner gerührt, ließ er sie endlich los. Außer sich vor Scham, Erregung und Erniedrigung versuchte Isabella, ihre Fassung wiederzuerlangen.

Sie drängte sich durch die Zuschauer, die um die Tanzfläche herumstanden, und stellte sich etwas abseits. Was bildete sich dieser Neandertaler eigentlich ein, sie so zu behandeln?

Doch Simon war sich keiner Schuld bewusst, denn seine anfängliche Überraschung schlug in Ärger um. Ein Teamkollege erkannte das, lachte lauthals und stichelte: „Na, was ist denn bei euch los? Hast du deine stolze Südtirolerin nicht im Griff?"

Alle starrten jetzt Isabella an. So bloßgestellt, schoss ihr die Röte ins Gesicht. Kam es ihr nur so vor oder war die Musik wirklich plötzlich leiser?

Die Männer betrachteten sie feixend und die Frauen mitleidig. Aber das Fass lief vollends über, als Simon überheblich antwortete: „Ach, die zickt doch nur'n bisschen rum. Das gehört dazu und legt sich auch wieder. Sie weiß doch, wie wir Profis ticken."

In diesem Moment brach Isabellas Abwehr zusammen. Tränen schossen ihr aus den Augen, weil ihr dazu sofort Georgs Abschiedsworte einfielen, die ähnlich geklungen hatten.

Isa, du kennst meine Ziele … ich brauche jetzt eine Frau an der Seite, die voll belastbar ist!

Wie von Furien gejagt, lief Isabella durch den Club zum Ausgang. Einer der Gorillas musterte sie entgeistert, weil sie die Tür mit Bravour hinter sich zuknallte.

„Rufen Sie mir ein Taxi!", herrschte sie ihn an. „Sofort!"

Auf dem Weg nach Hause weinte sie bittere Tränen über die eigene Dummheit. Wieso war ihr nicht früher aufgefallen, dass Simon nur die Fortsetzung von Georg bedeutete? Wie konnte man denn nur so blind und grenzenlos dumm sein?

Simon machte keine Anstalten, ihr zu folgen, aber er versuchte, sie anzurufen. Wutentbrannt drückte sie den Anruf weg.

Dreizehn

Im Brunnenhof hatten die letzten Gäste das Restaurant verlassen und auch in der Lounge hielten sich nicht mehr viele auf. Das konnte man vom Hof aus gut einsehen. Isabella wischte sich die Tränen aus dem Gesicht und hoffte, unbemerkt durch das Treppenhaus nach oben zu gelangen. Auf gar keinen Fall wollte sie irgendjemandem begegnen.

„Isa? Ist alles okay mit dir?"

Max, der sich gern nach getaner Arbeit noch mal auf dem Hof die Beine vertrat und den Tag verabschiedete, wunderte sich, dass seine Cousine wie eine Fremde vor der Eingangstür herumschlich.

„Traust du dich nicht rein?", scherzte er, doch er bekam keine Antwort. In einer seltsamen Vorahnung drehte er sie zu sich um und erkannte erschrocken, in welch desolatem Zustand sie war.

„Um Himmels willen, was ist denn passiert?"

„Nichts ..." Isabella hielt sich die Hand vor den Mund, um nicht laut zu schluchzen.

„Das sehe ich."

Kurzentschlossen zog er sie in den Arm. Nun gab es gar kein Halten mehr. Die Tränen liefen unaufhörlich. Nachdem sie sich etwas beruhigt hatte, meinte er: „So, und jetzt erzählst du mir von dem *Nichts...* und zwar alles. Komm, wir gehen rein. Hier draußen holen wir uns sonst den Tod."

„Ich war so dumm“, wimmerte sie, als sie im Personalzimmer am Stammtisch saßen und sie Max ihr Herz ausgeschüttet hatte.

„Nein, dumm ist nicht das richtige Wort dafür. Unerfahren passt da besser.“ Er stand auf.

„Wo willst du hin?“

„Ich dachte, du wolltest ein Radler trinken. Das besorge ich dir jetzt und mir ein Bier.“

Er kam gemeinsam mit Lena zurück, die sie sofort kurz in den Arm nahm.

„Max hat mir alles erzählt.“ Sie zwinkerte ihm zu. „Er meinte, dass ich dir vielleicht besser zur Seite stehen könnte, wenn es um ein solches Frauenthema ginge ...“

„Es hat mir schon geholfen, dass er mir zugehört hat.“

„Ja, Max ist ein echter Schatz.“

„Ich will auch so einen Max“, scherzte Isabella unter Tränen. „Und keinen Georg und schon gar keinen Simon mehr.“

„Ich kann so einen Max auch nur empfehlen“, lachte Lena und umarmte ihn. „Was ist denn mit diesem Konstantin? Der schien mir doch eher ein *Max-Typ* zu sein.“

„Wer ist denn jetzt wieder Konstantin?“ Max sah die beiden verständnislos an. „Meine Herren, bei dir ist ja was los. Da bist du grad mal vier Wochen hier und schon stehen die Männer Schlange. Wie soll ich das nur deinem Vater erklären?“

„Am besten gar nicht“, lachte Lena. „Der erfährt nur Ergebnisse.“

„Da wird er wohl noch warten müssen“, seufzte Isabella, „jedenfalls, wenn's um die Männer geht. Konstantin will nichts mehr von mir wissen. Aber wenigstens kann ich Mama und Papa jetzt sagen, was ich mal werden will.“

„Was denn?“, kam es wie aus einem Munde.

„Physiotherapeutin.“

„Aha. Und woher kommt jetzt die Erkenntnis? Das ging aber flott. Was ist denn da passiert?“ Lena sah sie erwartungsvoll an. „Davon hast du ja noch gar nichts erzählt. Vor ein paar Tagen warst du doch noch völlig ratlos.“

„Ich wollte es euch erzählen, aber es hat noch nicht gepasst. Es ist momentan einfach zu stressig.“ Isabella lehnte sich zurück und überlegte kurz. „Aber von Dirk habe ich euch schon berichtet, das weiß ich genau.“

„Ja, daran kann ich mich erinnern“, pflichtete ihr Max bei, „das ist doch der Physiotherapeut, der zum Stab der Huskies gehört, stimmt’s?“

„Ja, genau“, nickte Isabella, „seine Art zu arbeiten, hat mich echt beeindruckt, weil ich das vorher noch nicht kannte.“ Das Thema beflügelte sie und sie vergaß den Kummer über den verpatzten Abend. „Aber was mir zu dem Zeitpunkt überhaupt noch nicht klar war“, erklärte sie weiter, „ist, wie viel ich von dem, wie man mich therapiert hat, bereits verinnerlicht habe. Einfach so, ganz nebenher.“

„Wie meinst du das?“ Lena sah sie skeptisch an. „Du hast doch noch gar keine Ausbildung.“

„Nein, natürlich fehlt mir der medizinische Hintergrund, das ist klar, aber trotzdem ... wenn du so viele Massagen und Reha-Anwendungen bekommen hättest wie ich, dann wären dir bestimmte Handlungsmethoden auch geläufig“, argumentierte Isabella. Ein glückliches Lächeln huschte über ihr Gesicht. „Das hab ich erst durch Konstantin kapiert, er hat mich drauf gebracht."

Sie musste über Max' äußerst skeptischen Gesichtsausdruck lachen. „Nein, nicht, was du schon wieder denkst. Das habe ich doch erzählt ... dass ich ihm nach der Weihnachtsfeier hier im Personalraum eine Massage verabreicht habe. Und ich habe euch auch erzählt, dass er meinte, ich hätte goldene Hände, weil ich ihm so gut habe helfen können."

„Jaja, da hab ich aber nur mit halben Ohr hingehört. Das möchte ich aber jetzt noch mal genau wissen. Wie war das denn nun mit der Massage?" Max wirkte immer noch nicht sehr überzeugt. „Hat er sich hier auf den Stammtisch gelegt, oder was ..."

„Natürlich nicht!" Isabella schüttelte sich vor Lachen. „Er hat auf dem Stuhl gesessen – mit freiem Oberkörper, anders ging's halt nicht – und ich habe ihn massiert. Er war total verspannt und hatte Nackenschmerzen. Ich wollte ihm doch nur helfen."

„Und davon haben wir überhaupt nichts mitgekriegt?", schüttelte Lena den Kopf. „Das gibt's doch gar nicht."

„Doch, das gibt's. Erinnert ihr euch, wir hatten Full House. An dem Abend gab es keinen freien Stuhl mehr im Brunnenhof ... so war das. Und gegen zehn, als er heim wollte, musste ich ihn abfangen, weil ich doch wegen der Flyer unbedingt seine Hilfe brauchte. Aber das habe ich euch doch erzählt."

„Ja, da war was. Du hast es bestimmt erzählt, aber es ist mir anscheinend untergegangen", bekannte Lena reumütig, „es tut mir leid, ich scheine im Moment nicht die aufmerksamste Zuhörerin zu sein, stelle ich gerade fest. Ich gelobe Besserung."

„Mein Gott, es war so viel die letzte Zeit", kam ihr Max zu Hilfe, „man weiß gar nicht mehr, wo einem der Kopf steht."

„Ist ja doch auch überhaupt nicht tragisch." Isabella machte eine wegwerfende Handbewegung. „So wichtig ist das alles auch gar nicht."

„Na, das müssen wir erst noch sehen", merkte Max an, „und was ist nun mit diesem Konstantin schiefgelaufen und vor allem, was hat er jetzt mit deiner Berufswahl zu tun? Das habe ich immer noch nicht kapiert."

„Ganz einfach", schmunzelte Isabella. „Er hat mich gefragt, wie ich mir meine Zukunft vorstelle und gemeint, dass ich als ehemalige Profisportlerin beste Voraussetzungen für den Beruf hätte. Allein die ganze Erfahrung, die ich mitbringe. Tja, und dann ist mir Dirk eingefallen. Damit war für mich die Entscheidung klar."

„Also, für mich klingt das auch sehr stimmig", nickte Lena.

„Klar, warum nicht?", schloss sich Max der Meinung seiner Frau an. „Das Allerwichtigste ist, dass du es wirklich willst. Dann ist sehr viel möglich. Das kann ich dir nur aus eigener Erfahrung sagen."

„Dieser Konstantin scheint mir ein sehr aufmerksamer und intelligenter Mann zu sein", resümierte Lena, „und du bist dir sicher, dass er nichts mehr mit dir zu tun haben will?" Sie sah Isabella zweifelnd an.

„Ziemlich. Das habe ich gründlich versaut. Er kommt nicht mal mehr an den Stand, wenn ich da bin", räumte sie kleinlaut ein. „Oh, was war ich doch so dumm ...", schluchzte sie auf, „er wollte mit mir heute Abend ausgehen.“

„Ja, nun wart's mal ab. Das muss noch gar nix heißen“, beruhigte sie Max. Er legte Lena zwinkernd einen Arm um die Schultern. „Du kannst dich ja mal in Ruhe mit meiner lieben Frau über die Sache mit den festen Vorsätzen unterhalten. Aber morgen. Heute nicht mehr. Sie ist nämlich Weltmeisterin darin, feste Vorsätze zu haben, die sie am Ende doch wieder über den Haufen wirft“, schmunzelte er und gab Lena einen Kuss.

„Oh du, musst du immer alles verraten.“ Lena knuffte ihn in die Seite.

„Wenn's der Isa hilft, warum nicht? Oder hast du's bereut, dass du den einen Vorsatz – du weißt, welchen ich meine – gebrochen hast?“

„Nein, natürlich nicht. Nur dumme Menschen ändern ihre Meinung nicht.“

„Wahre Worte, mein Schatz. Und ich sage jetzt noch ein wahres Wort – lasst uns ins Bett gehen. Ich bin nämlich ziemlich im Eimer.“

Vierzehn

Konstantin stellte eine dampfende Kaffeetasse auf seinem Schreibtisch ab und sah die Post durch, die ihm Prausel am Vorabend auf den Tisch geworfen hatte. Acht Einsprüche, zwei Beschwerden und eine Anzeige. Verflucht, konnten die Leute denn nicht wenigstens eine Woche vor Weihnachten mal aufhören, dummes Zeug von sich zu geben?

Der Briefverkehr passte genau in das hässliche Bild, das Konstantin gerade von der Welt hatte. Alles nur Egoisten, Nörgler und Jammerlappen. Wobei er sich selbst noch nicht einzuordnen wusste. Er würde sich wohl den Jammerlappen anschließen müssen. Eigentlich hasste er sich in der Rolle, kam aber einfach nicht aus dem Jammertal heraus.

Felix stürmte wie jeden Morgen auf den letzten Drücker zur Tür herein und brachte einen Schwall kalter Luft mit, die ihn frösteln ließ. Konstantin schob es auf die lausigen Nächte, in denen er kaum Schlaf fand, weil er immer noch nicht wusste, wo er sich über die Festtage verkriechen sollte und weil Isabella Sehnsüchte in ihm geweckt hatte, derer er nicht Herr wurde.

„Moin Kollege, wie geht's uns denn heute?"

Felix klang gut gelaunt und ausgeglichen. Das Baby bekam zur Muttermilch nun noch eine Zusatznahrung, weshalb die Nächte im Hause Brendel wieder ruhiger verliefen.

„Danke der Nachfrage. Unverändert." Konstantin wedelte mit der Post. „Wenn ich allerdings sehe, was die Leute sich alles ausdenken, nur damit sie keine Gebühren zahlen müssen, könnte ich weglaufen. Ich hasse diese Schreiberei. Warum rufen die denn nicht mal an und erkundigen sich, bevor sie sich hinsetzen und so einen Mist schreiben? Da hätte ich ihnen gleich sagen können, dass sich der Einspruch nicht lohnt. Stattdessen muss ich jetzt seitenweise Gesetzestexte zitieren, die sie nicht verstehen. Und dann hab ich sie letztendlich doch an der Strippe. Das ist doch Müll, Mann." Konstantin warf frustriert seinen Kuli quer über den Schreibtisch und griff zur Kaffeetasse.

„Oh Mann oh Mann, du bist ja gut drauf. Und das am hellen Morgen. Hat sich deine Tempelprinzessin wenigstens mal gemeldet?" Felix hing die Jacke an die Garderobe und fuhr seinen PC hoch.

„Nee, braucht sie auch nicht. Hat sich erledigt, das hab ich dir doch schon erzählt."

„Du hast mir gar nichts erzählt, nicht mal, wer sie ist, außer, dass ihr euch nicht mehr trefft, weil sie dich nur als Kumpel sieht ... habe ich das so richtig zusammengefasst?"

„Korrekt. Mehr gibt's da auch nicht zu sagen."

„Und was ist mit Madelaine? Die ist doch ganz nass auf dich, Mann!"

„Ich aber nicht auf sie! Mensch, das hab ich dir doch schon alles erzählt. Als wenn sich das so einfach ändern ließe. Besser, sie sucht sich einen anderen oder sehe ich aus wie einer von der Heilsarmee?"

„Nee, natürlich nicht. Mann, ich hab's doch nur gut gemeint", schüttelte Felix resigniert den Kopf. „So'n bisschen Kuscheln würde dir mal ganz guttun, dann kommst du wenigstens mal auf andere Gedanken. Was stimmt denn mit Madelaine nicht? Die ist doch ganz süß.“

„Zu süß, wenn du mich fragst. Davon krieg ich Karies.“

„Dann komm doch wenigstens über die Feiertage zu uns. Wir haben genug Platz. Ich habe mit Laura schon gesprochen. Sie freut sich, wenn du uns besuchst.“

Konstantin leerte die Tasse mit einem Schluck und sah aus, als wolle er sofort aus der Tür laufen. Stattdessen stellte er sich vor Felix’ Schreibtisch und rieb sich mit der Hand übers Gesicht.

„Hör zu, ich bin dir wirklich dankbar. Für alles. Vor allem, dass du mich zurzeit mit meinen Launen aushältst. Aber bitte versteh mich, wenn ich dir sage, dass ich nicht zu euch kommen kann. Ich halte das nicht aus.“

„Aber warum denn nicht?“

„Weil ich möglicherweise selbst gerne in deiner Situation wäre, Mann“, gab er zu. „Okay, vielleicht nicht gleich mit zwei kleinen Kindern, sondern erst mal nur zu zweit alleine. Wenigstens für eine Weile, um das mal wieder zu erleben, was für dich selbstverständlich ist: abends in einem Zimmer zu schlafen und morgens gemeinsam aufzuwachen. Ich weiß, das klingt banal. Ist aber das, wonach ich mich sehne.“ Er grinste schief und holte tief Luft. „Ich bin nun mal nicht der Typ, der das mit irgendeiner Frau kann. Ich will die in meinem Bett und in meinem Leben haben, die zu mir passt, womit wir bei Madelaine wären. Sie ist nett und sie ist süß, aber ich habe keinen Bock auf sie. Abgesehen davon,

kannst du dir den Stress vorstellen, wenn das in die
Hose geht? Wir müssen beide noch eine Weile hier arbeiten."

Das Gespräch wurde von einem Piepton unterbrochen, der eine WhatsApp auf Konstantins Handy an-
kündigte.

*Lieber Konstantin, ich würde dich gerne noch mal se-
hen, bevor ich nach Hause fahre. Seit Tagen hoffe ich
darauf, dich auf dem Weihnachtsmarkt zu treffen,
doch leider verpasse ich dich immer – oder – was ich
noch trauriger fände, du kommst meinetwegen nicht
mehr bei uns vorbei. Es tut mir so leid, wenn ich dich
verletzt habe. Bitte melde dich.
Liebe Grüße, Isabella*

Felix kam näher und sah ihn fragend an.
„Was Wichtiges?"
„Sag du mir's. Hier!" Er drückte seinem Kollegen das
Handy in die Hand und ließ ihn lesen.
Felix überflog Isabellas Zeilen und grinste: „Na also,
geht doch. Wer sagt denn, dass sie dich nicht mag? Triff
dich mit ihr und mach das Ding klar."
Felix hielt kurz inne und schlug sich dann mit der flachen Hand vor den Kopf. „Isabella! Jetzt weiß ich, wer
deine Tempelprinzessin ist! Die hübsche Dunkelhaarige vom Weihnachtsmarkt und vom Brunnenhof."
„Blitzmerker. Ja, das ist sie." Konstantin antwortete
leise und schüttelte den Kopf. „Ich denke, das siehst du
ein bisschen zu optimistisch. Sie will sich nur von mir
verabschieden, weil sie zurück nach Südtirol fährt und

nicht mit einem schlechten Gewissen im Gepäck abreisen will, das ist alles. So sieht das aus."

Es vergingen Stunden, bis Konstantin auf Isabellas Nachricht reagierte. Hin- und hergerissen, ob er sich mit ihr verabreden sollte oder nicht, entschied er sich am Ende für ein Nein. Wenn er sie noch mal traf, würde es hinterher noch mehr wehtun. Sie sah in ihm den Kumpel, den netten Freund und er wollte mehr. Also war es besser, wenn sie sich nicht mehr sahen.

Liebe Isabella,
die letzten Tage waren sehr turbulent. Das wird sich
bis Weihnachten nicht ändern. Ich denke, ich werde
es nicht mehr schaffen, bei euch vorbeizukommen.
Ich wünsche dir eine angenehme Heimreise und alles
Gute für die Zukunft. Vielleicht sieht man sich ja mal
wieder.
Liebe Grüße, Konstantin

Fünfzehn

Isabella behielt, trotz der anhaltenden Besucherströme, das Handy im Auge. Als Konstantin dann endlich nach Stunden auf ihre WhatsApp antwortete, reagierte sie betroffen auf den kühlen Ton, den er anschlug. Vor Enttäuschung schossen ihr sofort die Tränen in die Augen und sie musste sich zusammenreißen, um nicht loszuweinen.

Sie hatte dem Wiedersehen so sehr entgegengefiebert – und jetzt das. Meine Güte, was war denn nur mit ihm los? Warum war er nur so distanziert? Hatte sie sich vielleicht nur eingebildet, dass er sie mochte? Und wieso dann der ganze Aufwand mit dem Nachmittag im Park? Hätten es da nicht einfach nur ein paar Pralinen getan?

Glücklich darüber, dass gerade keine Kunden von ihr bedient werden wollten, zog sie sich an den Rand des Standes zurück und las erneut seine niederschmetternde Nachricht. Fabienne, die mit besorgter Miene mit ansah, wie sie sich die Nase schnäuzte, kam zu ihr herüber. Die beiden hatten den ganzen Tag über wenig Zeit gefunden, miteinander zu sprechen.

„Isabella, was ist los? Du bist ja auf einmal so blass. Geht's dir nicht gut? Kann ich etwas für dich tun? Soll ich dir ein Taxi rufen?"

„Nein nein", beschwichtigte Isabella ihre Kollegin und wiegelte mit einer klaren Handbewegung ab. „Es ist nur ... ach, das ist eine längere Geschichte, willst du sie hören?"

„Sicher ... lass mich raten", nickte Fabienne, „es geht um Konstantin, oder?"

Immer wenn die Kundschaft es zuließ, erzählte Isabella Fabienne von den Geschehnissen und ließ auch den Reinfall mit Simon nicht aus.

„... und das hat er mir jetzt geantwortet", schloss sie ihren Bericht ab, „hier du kannst es lesen und mir sagen, was du davon hältst. Ich glaube nicht, dass er mir noch eine Chance gibt."

„Nun mal langsam. Lass mich erst mal lesen", murmelte Fabienne und schickte Isabella nach vorne zu einem Kunden.

„Und? Was denkst du?" Isabella kehrte mit bangem Gesichtsausdruck zu Fabienne zurück, nachdem der Kunde gegangen war.

„Hm, sagen wir mal so, wenn er's locker nehmen würde, hätte er überhaupt kein Problem, sich mit dir zu treffen. Hast du es schon mal von der Seite aus betrachtet?"

„Nein, da bin ich nicht drauf gekommen. Meinst du wirklich?"

Isabella wurde nachdenklich. Sie lief ein paar Schritte auf und ab, bevor sie ausrief: „Du hast recht! Mit Simon könnte ich mich sofort an einen Tisch setzen und ihm mal so richtig die Meinung geigen", lachte sie, „mache ich aber nicht, weil ich dazu gar keine Lust habe ... es berührt mich einfach nicht mehr."

Spontan fiel sie Fabienne um den Hals und wirbelte sie einmal herum.

„Was soll ich tun?", schnaubte sie, als sie wieder losgelassen hatte. „Ich weiß nicht, wie ich an ihn rankommen soll."

„Ganz einfach", lachte Fabienne und sah sich um, doch im Moment waren nur Schaulustige unterwegs, die keine Bedienung wünschten. „Wenn der Prophet nicht zum Berg kommt, dann muss der Berg halt zum Propheten. So einfach ist das."

„Aber wie, wenn er sich nicht blicken lässt? Morgen ist der 23. und das ist der letzte Tag, an dem der Markt offen hat. Danach ist Weihnachtsruhe und dann bin ich weg …"

Mit jedem Wort war ihre Stimme leiser und trauriger geworden. „Und was ist, wenn ich ihn nicht ausfindig machen kann? Wo soll ich ihn denn überhaupt suchen? Er ist doch den ganzen Tag unterwegs."

„Hast du nicht gesagt, dass er vormittags auch ins Büro geht? Und warum rufst du ihn nicht einfach an?" Fabienne schlug sich lachend die Hand vor die Stirn. „Lieber Himmel, was für eine Erkenntnis! Stell dir vor", prustete sie los, „man kann mit einem Handy auch telefonieren und nicht nur Nachrichten verschicken."

Isabella fiel in ihr Lachen mit ein. „Da kannst du mal sehen, jetzt hab ich dich auch schon total wuschig gemacht." Sie atmete tief durch und wurde wieder ernst.

„Okay, ich rufe ihn an." Mit wild pochendem Herzen verdrückte sie sich in die hinterste Ecke und murmelte: „Gott oh Gott, was bin ich aufgeregt!"

Nach zehn Minuten kam sie mit hängenden Schultern und tief enttäuschter Miene wieder nach vorne, wo Fabienne ihr erwartungsvoll entgegensah.

„Er geht nicht ran – ich habe es zigmal durchklingeln lassen."

„Das heißt noch gar nichts", beruhigte Fabienne, „vielleicht hat er das Handy irgendwo abgelegt und hört das Klingeln nicht."

Doch Konstantin ging auch in den nächsten Stunden nicht ans Telefon. Konnte er auch nicht, weil er gar nicht hörte, dass es klingelte. Zur Arbeit benutzte er ein Diensthandy und nach Dienstschluss hatte er sich in seiner Wohnung verbarrikadiert. Das Privathandy lag unbeachtet mit aktivierter Stummschaltung in der Küche, während er mit aufgesetzten Kopfhörern vor dem Computer am Schreibtisch saß und ganz und gar in einem Strategiespiel abgetaucht war, das sein komplettes Denken in Anspruch nahm.

Isabella schlief in dieser Nacht sehr schlecht. Am nächsten Morgen quälte sie sich aus dem Bett. Heute war der 23. Dezember und es sollte ihr letzter Tag auf dem Weihnachtsmarkt sein. Sie schaute auf die offen herumstehenden Koffer, die sie daran erinnerten, dass sie morgen in aller Herrgottsfrühe mit dem Zug nach Bozen aufbrechen würde.

Trauer erfüllte sie, wenn sie darüber nachdachte, dass sie Konstantin vielleicht überhaupt nicht mehr wiedersah. Er hatte immer noch nicht auf ihre Anrufe reagiert, obwohl sie ihm sogar auf die Mailbox gesprochen hatte. Wenn das kein klares Signal war, dass er sie nicht sehen wollte. Warum war er denn nur plötzlich so unnahbar und unerreichbar für sie? Sie hatte ihm doch nichts versprochen, hatte ihm nichts vorgemacht und ihn auch nicht betrogen. Was war denn nur mit ihm los?

Auch Konstantin krabbelte nach einer sehr kurzen Nacht stöhnend und ziemlich übernächtigt aus dem Bett. Das Computerspiel hatte ihn so in Beschlag genommen, dass er überhaupt nicht bemerkt hatte, wie die Stunden verflogen waren. Mit einem Blick auf die Uhr stöhnte er auf.

Oh je, jetzt würde er aber Gas geben müssen. Das verdarb ihm aber keineswegs die Laune, denn heute war der letzte verfluchte Tag auf dem Markt, jedenfalls vor Weihnachten. Er rechnete noch mal mit einem Ansturm von denen, die bis jetzt noch kein Geschenk hatten und deswegen ausflippten.

Er stellte die Kaffeemaschine an und verschwand im Bad. Ein richtiges Frühstück musste heute ausfallen. Im Laufschritt zog er sich an und stürzte im Stehen den Kaffee hinunter, bevor er mit wehenden Fahnen das Haus verließ. Zwar sackte er Portemonnaie, Schlüssel und Handy ein, doch Zeit, einen Blick darauf zu werfen, fand er erst, als er schon im Büro war.

Bei einer zweiten Tasse Kaffee stellte er überrascht fest, dass Isabella versucht hatte, ihn zu erreichen. Was wollte sie denn noch von ihm? Sich persönlich verabschieden? Verdammt, was sollte das denn bringen? Er war froh, dass er jetzt wieder einigermaßen mit sich selbst im Reinen war. Nein, entschied er. Unter anderen Umständen hätte er alles stehen- und liegenlassen, nur um zu ihr zu kommen, aber nicht dafür, um sich mit einer Umarmung von ihr zu verabschieden. Er wusste auch so, wie sich das anfühlte. Und ganz sicher brauchte er keine Wiederholung von etwas, das er nicht haben konnte. Nein, so leid es ihm auch tat, sie zu enttäuschen – sie hatte auf der Mailbox wirklich sehr traurig geklungen – aber es machte für ihn einfach keinen Sinn, sie zu treffen.

Isabella hörte, wie ihr Handy Signal gab, während sie einen Kunden bediente. Sie ahnte, dass die Nachricht von Konstantin sein würde und holte in froher Erwartung das Handy aus der Tasche ihrer Strickjacke.

Liebe Isabella,
leider schaffe ich es nicht mehr, mich mit dir zu treffen. Ich habe einen randvollen Terminkalender. Ich wünsche dir eine gute Heimreise, ein schönes Weihnachtsfest und alles Gute für die Zukunft.
Liebe Grüße, Konstantin

Fabienne, die mit Entsetzen sah, wie blass Isabella geworden war, kam sofort zu ihr gelaufen. Glücklicherweise wollte keiner der Passanten bedient werden.

„Oh je, was …"

„Er will mich nicht mehr sehen. Ich versteh das nicht, warum ist er denn so … so, ich weiß gar nicht …", presste Isabella hervor und schluckte.

„Warte, lass uns doch erst mal überlegen, vielleicht …"

„Was gibt's denn da noch zu überlegen? Er will mich nicht sehen. Das muss ich akzeptieren. Ich kriege keine Chance, das wieder gutzumachen."

Isabella ließ die Arme fallen und sah furchtbar verloren aus.

„Nein, jetzt hörst du mir mal zu!" Fabienne stellte sich vor sie und sah sie forschend an. „Wie ernst ist es dir eigentlich mit ihm? Was willst du von ihm? Das ist hier die Frage."

„Hab ich das noch nicht gesagt?", reagierte Isabella verblüfft, „ich dachte ... sorry, ich weiß bald gar nichts mehr. Ich habe mich in ihn verliebt. Blöderweise habe ich das nur noch nicht gewusst, als ich mit ihm unterwegs war." Sie schüttelte resigniert den Kopf. „Es ist mir also sehr ernst mit ihm. Ich habe nämlich kapiert, dass man einem Mann wie ihm wahrscheinlich nicht sehr oft begegnet. Aber das nützt mir nun auch nichts mehr."

„Das wollen wir doch erst mal sehen", lächelte Fabienne aufmunternd. „Am besten, du machst dich gleich auf die Socken und gehst zu ihm. Dann soll er dir ins Gesicht sagen, warum er dich nicht sehen will."

„Aber ..."

„Kein Aber. Isabella, du hast mir erzählt, dass er wegen seiner Familie den totalen Weihnachtsblues hat. Weißt du, was wirklich in ihm vorgeht? Nein, weißt du nicht. Also finde es heraus. Dann musst du dir hinterher wenigstens nicht vorwerfen, dass du nicht alles versucht hast."

„Meinst du wirklich?"

„Ja, unbedingt. Los! Auf was wartest du noch? Wenn du Glück hast, sitzt er noch im Büro. Lauf zum Bauamt. Ich sage dir, wo das ist."

Sechzehn

Im Bauamt thronte eine Dame mittleren Alters in einer Eingangspforte hinter einer Glasscheibe.

„Sie wünschen?“

„Ich würde gerne mit Herrn Niendorf sprechen. Könnten Sie ihn bitte rufen?“

Isabella trat vor Nervosität von einem Fuß auf den anderen und überlegte, ob sie nicht doch lieber wieder gehen sollte. Schließlich hatte ihr Konstantin klipp und klar zu verstehen gegeben, dass er sie nicht mehr sehen wollte. Was machte sie also hier?

„Kleinen Moment. Ich weiß nicht, ob er da ist. Ich habe ihn heute Morgen noch nicht gesehen. Sie müssen wissen, dass er zurzeit auch den Weihnachtsmarkt betreut und deshalb häufig nicht im Büro ist.“

„Deswegen bin ich hier“, beeilte Isabella sich zu sagen, „ich müsste ihn ganz dringend sprechen.“

„Aber dann kommt er doch sowieso bei Ihnen am Stand vorbei“, schüttelte die Frau den Kopf, nahm den Telefonhörer in die Hand und tippte eine Kurzwahl ein, „da hätten Sie sich doch gar nicht herbemühen müssen. Er geht mindestens zweimal am Tag über den Markt, das weiß ich ganz genau. Aber gut, ich will versuchen, ob er in seinem Büro ist.“

„Dankeschön.“

Die Frau ließ es lange durchklingeln und legte dann auf. „Tut mir leid. Da kann ich nichts machen. Wollen

Sie mir sagen, worum es geht, dann werde ich es weitergeben.“

Isabella stöhnte innerlich auf. Wie um alles in der Welt sollte sie der Frau das jetzt erklären?

„Ja … ähm … sagen Sie ihm doch bitte, dass es am Südtiroler Stand…“

„Herr Brendel“, rief die Frau plötzlich an ihr vorbei, „kommen Sie doch bitte mal kurz her. Sie wissen doch sicher, ob Herr Niendorf oben im Büro ist. Hier ist eine junge Dame, die möchte zu ihm.“

Überrascht drehte sich Isabella um und blickte in das Gesicht eines jungen Mannes, der ihr sehr bekannt vorkam, den sie aber trotzdem nicht zuordnen konnte.

„Ja hallo! Wen haben wir denn da?“, sprach er sie an. „Sie wissen nicht mehr, wer ich bin, stimmt's?“

„Doch schon, aber ich kann mir keine …“

„Mein Name ist Felix Brendel. Wir kennen uns von der Weihnachtsfeier. Sie haben uns bedient und außerdem haben Sie meinen …“

„Richtig!“, rief die Frau von der Pforte von hinten dazwischen, „deswegen kam sie mir gleich so bekannt vor.“

„Ja natürlich, jetzt fällt's mir wieder ein. Sie sind auch der Vater des Babys und …“, erinnerte sich Isabella.

„Außerdem Konstantins Kollege. Wir sitzen in einem Büro. Wo drückt denn der Schuh? Konni ist nicht oben. Der ist irgendwo auf dem Weihnachtsmarkt unterwegs. Kann ich Ihnen vielleicht weiterhelfen?“

„Nein, ich glaube nicht. Eigentlich ist es eher was Persönliches. Ich würde wirklich sehr gern mit ihm reden, aber er …“

Felix, der gedanklich noch immer mit einer wichtigen dienstlichen Angelegenheit beschäftigt war, ging ein Licht auf.

Vor ihm stand niemand geringeres als Konstantins Tempelprinzessin und sie schien, so kleinmütig wie sie klang, genauso unglücklich zu sein, wie er.

„Sie sind nicht von hier, oder?", folgerte Felix und sprach mehr zu sich selbst.

„Nein, ich komme aus der Nähe von Bozen. Südtirol."

„Das erklärt einiges", murmelte er kopfnickend. „So so", redete er lauter weiter, „Sie sind also die Lady, mit der Konni die nette Tempelbesichtigung gemacht hat?"

„Ja, die bin ich. Wieso?"

„Okay, wenn Sie mir verraten, warum Sie wirklich hier sind, erzähle ich Ihnen dazu mehr. Kommen Sie, um die Ecke gibt es ein nettes Café, da können wir in Ruhe reden. Das ist besser so. Keine Sorge, Konstantin ist ein guter Freund von mir und ich kann schweigen wie ein Grab."

Er drehte sich zu der Frau an der Pforte um und rief: „Ich bin gleich wieder da. Halbe Stunde. Nur falls jemand nach mir fragt."

Auf dem Weg zum Café verdichtete sich Felix' Ahnung. Ihm fielen die Gespräche wieder ein, die er mit Konstantin über Isabella geführt hatte, ohne zu wissen, um wen es ging. Den Rest reimte er sich nun zusammen.

Sie fanden einen Tisch in einer Nische. Er bestellte zwei Cappuccino und setzte sich ihr gegenüber.

„Wollen wir nicht Du sagen? Ich bin der Felix."

„Ja sicher, das finde ich sowieso viel angenehmer."

„Gut, hätten wir das geklärt. Dann schieß mal los. Wie kann ich dir denn helfen? Ein bisschen was musst du mir schon erzählen, wenn ich das machen soll."

„Okay", atmete sie schwer. „Ich möchte mit Konstantin reden, weil es Missverständnisse zwischen uns gibt, die ich gerne aus der Welt räumen würde." Sie seufzte. „Aber er geht mir aus dem Weg und das alles zu schreiben, was ich ihm sagen möchte, würde nur zu neuen Missverständnissen führen."

„Das verstehe ich", nickte Felix. „In solchen Angelegenheiten ist es besser, man kann sich in die Augen sehen, damit man erkennen kann, wie es ankommt."

„Ja, genauso sehe ich das auch."

Isabella löste den Schal von ihrem Hals und öffnete sich die oberen Knöpfe ihrer dicken Strickjacke. Hilflos hob sie die Schultern und redete dann weiter: „Ich habe ihm Nachrichten geschrieben und ihm auf die Mailbox gesprochen, aber er sagt, er hätte so viel zu tun, dass er es nicht schafft, mich zu treffen." Sie suchte Felix' Blick. „Ich glaube ihm das nicht und ich verstehe überhaupt nicht, warum er plötzlich so ... so unerreichbar für mich ist. Ich habe ihn doch nicht belogen oder sonst etwas Schlimmes getan."

„Ich bin mir relativ sicher, dass ihn das, was du ihm sagen willst, sehr interessiert ... nur hat er, so wie ich ihn kenne, auch triftige Gründe, wenn er sich zurückzieht." Felix machte ein nachdenkliches Gesicht.

Es verging ein Moment, wo beide nicht sprachen, sondern nur ihren Gedanken nachhingen und Kaffee tranken.

„Ich weiß nicht so recht, wie ich das jetzt so rüberbringen soll, damit du mich nicht falsch verstehst", fing

Felix wieder an zu sprechen. „Konstantin ist mein Freund. Und ich möchte nicht, dass er verletzt wird, weshalb ich dich fragen muss, wie ernst es dir mit ihm ist."

Isabella schluckte und ihre Augen bekamen einen seltsamen Glanz.

„Mir ist in den letzten Tagen sehr viel klar geworden. Leider musste ich erst Fehler machen, um zu begreifen, was mir wirklich wichtig ist ..."

Sie brach ab, zog eilig ein Papiertaschentuch aus der Tasche hervor und schnäuzte sich. „Entschuldigung." Ihre Stimme klang belegt. Sie beugte sich nach vorne und stützte die Ellenbogen auf dem Tisch auf und sah Felix in die Augen.

„Ich vermisse Konstantin und ich möchte mit ihm zusammen sein. Richtig. Und nicht nur ein bisschen. Aber er gibt mir ja nicht mal die Möglichkeit, ihm das zu sagen."

„Was verstehst du unter zusammen sein? Wie soll das gehen, wenn du in Südtirol bist und er hier? Entschuldige, dass ich so schnell auf den Punkt komme. Doch darüber solltest du dir im Klaren sein, ehe ich die Hilfsaktion für dich starte."

Er zögerte, bevor er weitersprach: „So, wie ich Konstantin kenne, ist die große Entfernung, die euch räumlich trennt, einer der Gründe, warum er sich zurückzieht. Er hat hier einen Bombenjob, den er nicht so einfach aufgeben wird. Da kann er dich zwar in Südtirol besuchen kommen, aber auf Dauer ist das ziemlich anstrengend. Welche Möglichkeiten hättest du also, deinen Standort zu wechseln?"

Isabella ließ sich in den Stuhl zurückfallen. Wie konnte er wissen, dass sie sich genau darüber seit Tagen das Hirn zermarterte. War Konstantin – vorausgesetzt, er gäbe ihr eine Chance – es wert, aus ihrer Heimat fortzugehen? Ließ sich das überhaupt schon beurteilen, wo sie ihn doch kaum kannte und noch nicht einmal geküsst hatte, geschweige denn ...

„Puh, du kannst ja Fragen stellen! Ich kenne dich gar nicht und du willst solche Sachen von mir wissen.“

„Nicht für mich Isabella, nur für Konstantin. Er wird mich dafür verantwortlich machen, wenn ich dich zu ihm bringe.“

„Okay“, nickte sie, „bevor ich dir das beantworte, darf ich dich vorher etwas fragen?“

„Kommt darauf an.“

„Wenn ich mich richtig erinnere, bist du verheiratet und hast zwei Kinder. Ist das korrekt?“

„Bingo.“

„Prima.“ Isabella rutschte auf dem Stuhl nach vorne und sah Felix wachsam an. „Wann wusstest du, dass sie die richtige Frau für dich ist?“

„Relativ schnell“, antwortete er nach einem kurzen Moment des Überlegens. „Dein Verstand wird dir bei der Frage allerdings wenig behilflich sein. Die Sache wird an anderer Stelle entschieden.“

Er lachte auf, weil er selbst merkte, wie missverständlich das klang. „Nicht die Stelle, an die du jetzt denkst!“ Er klopfte sich aufs Herz. „Vielmehr hier.“

„Das wollte ich hören“, lächelte Isabella zufrieden, „ich hab zwar länger gebraucht als du, um das zu kapieren, aber mein Gefühl sagt mir klar und deutlich, dass Konstantin der Richtige für mich ist.“

„Entscheidend ist nur, dass du's gemerkt hast." Felix
sah auf die Uhr. „Gib mir deine Handynummer und ich
melde mich, wenn ich weiß, wie's weitergeht. Okay?"

„Ja. Danke, Felix. Du bist ein Schatz."

„Ich weiß", grinste er frech, „das sagt meine Frau auch
immer."

Es vergingen Stunden, bis Felix sich wieder meldete.
Um kurz vor vier am Nachmittag schickte er eine Nachricht.

*Tut mir leid, Isabella, dass ich mich erst jetzt melde,
aber Konstantin ist nicht mehr zurück ins Büro gekommen. Am Telefon hat er mir nur schöne Weihnachten gewünscht und sich in den Feierabend verab-
schiedet. Keine Chance, ein Treffen zu organisieren.
Keep cool. Ich denke mir was aus und melde mich wieder.*
Gruß, Felix

Fabienne las die Nachricht und umarmte ihre Kollegin spontan. „*Keep cool.* Na, der ist ja lustig. Wie soll
man denn da cool bleiben?"

„Ich habe meine Mutter schon angerufen, dass ich
über die Feiertage bei Max und Lena bleibe", erklärte
Isabella. „Ich kann jetzt nicht hier weg. Er muss mit mir
reden. Dann soll er mir halt sagen, dass er nichts mehr
von mir will." Sie hatte einen leicht trotzigen Unterton
in der Stimme. „Das glaubt mir eh keiner", redete sie
weiter und schüttelte den Kopf, „ich versteh's ja selber
nicht. Wir haben uns noch nicht mal geküsst!"

„Ich wusste auch, dass ich mit Mirko zusammen sein
will, bevor er mich geküsst hat", nickte Fabienne. „Woher ich die Erkenntnis hatte – keine Ahnung. Das ist
dann einfach so. Und alles andere geht irgendwie von
ganz alleine. Sex mit Liebe ist sowieso die Königsklasse.
Ohne ist es nur ein schaler Abklatsch."

„Hört sich an, als hättest du's ausprobiert."

„Logisch. Du etwa nicht? Ich finde, das sollte man ausprobiert haben, damit man den Unterschied kennt."

„Doch, habe ich auch. Nur weiß ich noch nicht, ob ich
die Version *mit* Liebe schon hatte. Da bin ich mir inzwischen nicht mehr so sicher."

„Dann wird's Zeit."

„Danke für den Tipp", lachte Isabella, „wenn du mir
auch den Mann dazu lieferst, bin ich zufrieden."

„Ich bin nur für die Teillieferung zuständig, den Rest
macht dieser Felix."

„Dann hat die Lieferung aber Verzögerung."

Der Pseudo-Optimismus, den sie noch im Beisein von
Fabienne an den Tag gelegt hatte, verflog mit jeder
Stunde, die voranschritt, ein wenig mehr. Als sie mitten
in der Nacht allein in ihrem Bett lag, zog sie alles und
jedes in Zweifel, wusste aber auch, dass sie nicht glücklicher wäre, würde sie sich jetzt bei ihren Eltern in Südtirol aufhalten. Es gab nur den einen Weg. Herauszufinden, was Konstantin wollte.

Am nächsten Morgen – Heiligabend – zur Frühstücks-
zeit, piepte ihr Handy. Leider war es nur eine ehemalige
Sportkameradin, mit der sie sich immer sehr gut verstanden hatte und die ihr eine frohe Weihnacht
wünschte.

Was hatte sie auch erwartet? Dass ein junger Familienvater sich am Heiligen Abend darum kümmerte, dass sie zu ihrem vermeintlichen Liebesglück kam? Einem Liebesglück, das auf verdammt wackligen Füßen stand?

Schwachsinn!

Zwei Stunden später piepte ihr Handy erneut. Gelangweilt nahm sie es zur Hand, weil sie dachte, dass es wieder jemand sei, der ihr frohe Weihnachten wünschen wollte. Doch es war Felix.

Hi Isabella,
ich denke, ich weiß, wo Konstantin steckt. Wir haben zwei Stunden Zeit, um die Sache zu regeln. Halte dich bereit, ich bin gleich bei dir.
Felix

Heiliger Bimbam! Sie sah an sich herunter. In der Jogginghose wollte sie sich ganz sicher nicht auf den Weg machen. Im Galopp zog sie sich Jeans und Pulli an, legte ein leichtes Make-up auf und bürstete sich die Haare.

Als Felix auf den Hof fuhr, verabschiedete sie sich mit einer Umarmung von Lena und Max, die ihr viel Glück wünschten.

„Hallo Felix, du bist ja verrückt“, begrüßte sie Konstantins Kollegen und stieg in seinen Wagen. „Was sagt denn deine Frau zu unserer Aktion? Nicht, dass ich noch Ärger mit ihr kriege.“

„Keine Sorge“, Felix steuerte den Van in Richtung Stadt und konzentrierte sich auf den Verkehr, „Laura versteht das. Ich habe ihr alles erklärt. Außerdem geht es hier ja nicht nur um dich, sondern auch um Konni. Bist du dir denn immer noch sicher, was du willst?“

„Ja, daran hat sich nichts geändert.“

„Okay. Dann geht's jetzt los. Mal sehen, wo er sich verbarrikadiert hat.“

„Wie? Ich dachte, das weißt du schon.“

„Ich vermute es, aber wissen tu ich nichts. Er hat's mir nicht verraten.“

„Oh je, wo wollen wir denn da suchen? Ich gehe mal davon aus, dass er nicht zu Hause ist.“

„Bingo. Lass mich mal machen.“

Isabella sah ihn erwartungsvoll an und wartete, dass er weitersprach, doch er summte nur ein Weihnachtslied mit, das im Radio lief.

„Felix! Du machst mich wahnsinnig! Weih mich doch bitte mal in deine Pläne ein.“

„Jetzt sei doch nicht so ungeduldig. Ich weiß von Konstantin, dass seine Familie seit Ewigkeiten einen Schrebergarten hat, den sein Vater immer noch hegt und pflegt. Er hat mir schon oft davon erzählt, dass er da als Kind gern mit seinen Großeltern war. So. Und weil er nicht zu Hause ist und nach meinem Stand auch nicht in Urlaub gefahren ist, könnte es gut sein, dass er sich dort verkrochen hat.“

„Aber warum denn das?“ Isabella schüttelte den Kopf. „Da ist es doch kalt und … bist du sicher, dass er nicht vielleicht doch nur jemanden besucht?“

„Kann ich mir nicht vorstellen. Er hat natürlich einige Freunde und Bekannte, aber er hasst es, anderen zur Last zu fallen. Ob du's glaubst oder nicht, ich habe auf ihn eingeredet wie auf einen alten Esel, dass er bei uns herzlich willkommen ist, aber da war nichts zu machen. Wenn er etwas nicht will, kann er verdammt stur sein.“

„Was du nicht sagst“, brummte Isabella, „das lässt er mich gerade spüren.“

„So, jetzt lass uns mal strategisch vorgehen. Leider weiß ich nicht, in welchem der vielen Anlagen, die Kassel hat, sein Schrebergarten ist, deshalb müssen wir sie schlimmstenfalls alle abklappern.“

Felix hielt ihr einen Plan hin, den er am Morgen ausgedruckt hatte.

Nach einer Stunde und fünf Schrebergartenanlagen, in denen Konstantin nicht aufzufinden war, wollte Isabella aufgeben.

„Lass gut sein, Felix. Ich will dich nicht länger von deiner Familie fernhalten. Die brauchen dich doch daheim. Lass uns zurückfahren. Das macht doch alles keinen Sinn.“

„Einen versuchen wir noch und wenn er da nicht ist, geben wir auf. Aber wegen meiner Familie musst du dir echt keine Gedanken machen. Die wissen Bescheid. Unsere Eltern sind da. Vier Erwachsene, die zusätzlich die Wohnung bevölkern. Was glaubst du, was bei uns daheim los ist? Und das geht auch noch die nächsten beiden Tage so. Um ehrlich zu sein, bin ich ganz froh, dass ich da mal raus kann. Das ist echt okay.“

„Dann bin ich ja beruhigt.“

Schon als sie auf den Parkplatz der Vereinsgaststätte fuhren, die zur Schrebergartenanlage gehörte, wussten sie, dass sie fündig geworden waren. Konstantins roter Beetle stand auf dem Parkplatz.

„Sieh nur, Felix“, rief Isabella, „er ist hier!“

„Hab ich's dir nicht gleich gesagt? War mir klar, dass er sich irgend so einen Quatsch ausdenkt."

Felix stellte den Motor ab und sah zu Isabella herüber, die plötzlich sehr still geworden war. „Ist alles in Ordnung mit dir?"

„Oh Gott, was soll ich ihm denn jetzt sagen? Ich hab Angst, dass er mich gleich wieder rauswirft."

„Blödsinn. Der ist froh, wenn du kommst. Wichtig ist nur, dass du auch bleibst. Konstantin ist nicht der Typ, der ständig die Frauen wechselt, das solltest du wissen."

„So einen will ich auch gar nicht."

„Dann ist ja gut. Jetzt komm, er wird dir schon nicht den Kopf abreißen."

Felix lief vor und Isabella mit wackligen Knien hinterher.

„Woran erkennen wir denn, welcher Garten es ist?"

Sie sah skeptisch auf einen der langen Wege, von denen es mehrere gab und der rechts und links von mindestens zwanzig Schrebergärten eingerahmt war. Überall sah man nur Fenster und Türen, die mit Rollläden oder Fensterläden verschlossen waren. Die hohen Zäune und Hecken am Eingang erleichterten die Suche auch nicht unbedingt.

Die Totenstille, die das Gelände überzog, wurde nur von ein paar kreischenden Krähen durchbrochen.

Felix blieb stehen und legte ihr den Arm um die Schulter.

„Woran erkennt man im Winter, ob ein Haus bewohnt wird, hm?"

Isabella sah ihn für einen Moment verständnislos an, bis sie rief: „Der Schornstein!" Sie schlug sich mit der flachen Hand auf die Stirn. „Oh Gott, natürlich! Lieber

Himmel, du musst doch denken, dass ich total behämmert bin, oder?“

„Nee nee, den Eindruck habe ich nicht. Das ist die ganz normale Verblödung, wenn man so verliebt ist wie du“, grinste er sie an, „dunkel erinnere ich mich auch an solche Zustände ... ist aber schon eine Weile her.“

Es war einer der hinteren Gärten. Sehr gepflegt, ein Teil Rasen, ein Teil Nutzfläche und dahinter ein bezauberndes kleines Holzhaus mit dunkelgrünen Fensterläden und rotem Ziegeldach. Felix deutete auf den rauchenden Schornstein.

„Bleib hier hinter der Hecke vom Nachbargrundstück“, raunte er ihr zu, „ich checke die Lage.“

Mit schnellen Schritten lief er über einen schmalen Plattenweg zum Haus. Isabella, die unbedingt sehen wollte, wie Konstantin auf Felix’ Besuch reagierte, fand eine Stelle zwischen Nachbarhecke und Zaun, von wo aus sie einen komfortablen Blick auf den Eingangsbereich hatte, während er an der mit Intarsien versehenen Holztür klopfte.

Die Tür öffnete sich.

Mist.

Felix war so groß, dass er ihr die Sicht versperrte. Dann sah sie Konstantin. Sofort quoll ihr das Herz über, weil er so unglaublich anziehend und attraktiv auf sie wirkte. Da konnte auch die dunkelgraue Sweathose und die Birkenstocks nichts dran ändern. Und für grob gestrickte Pullis schien er eine echte Schwäche zu haben, denn heute trug er einen marinefarbenen. Er stand in der Tür und wirkte völlig überrumpelt.

„Was machst du denn hier?", Konstantin starrte Felix stirnrunzelnd an. „Ist was passiert – und woher weißt du überhaupt, dass ich hier bin?"

„Du bist mir vielleicht ein Verrückter, Mann! Nee, es ist nix passiert. Jedenfalls nix Schlimmes. Aber was glaubst du denn, was passiert, wenn du dich einfach so aus dem Staub machst?"

„Hä? Kannst du mal deutsch mit mir reden? Ich verstehe gar nichts."

„Ach! Dann will ich dir mal auf die Sprünge helfen."

Felix gab Isabella ein Zeichen, dass sie aus ihrem Versteck kommen sollte.

Konstantin sah an seinem Freund vorbei und war sprachlos.

„Wie du siehst, habe ich dir jemanden mitgebracht."

„Äh, aber warum ist sie hier … und wie hast du mich überhaupt gefunden?"

„Ich hab ein bisschen nachgedacht und dann bin ich drauf gekommen, dass du hier sein könntest."

Felix machte einen Schritt zur Seite und Isabella stellte sich schweigend neben ihn.

„Und warum sie hier ist und ob heute hier noch was passiert, wirst du selbst rausfinden müssen. Dabei kann ich dir aber jetzt nicht mehr helfen", grinste er frech.

Konstantins Augen trafen auf Isabellas. Er sah, wie unsicher sie wirkte, so wie sie ihm mit ineinandergeschlungenen Händen gegenüberstand. Ihrer Anziehungskraft nahm das nichts. Obwohl er sie auch in der Tracht mochte, gefiel sie ihm in Jeans besser.

„Hi", sie flüsterte beinahe, „kann ich mit dir reden oder soll ich lieber wieder gehen?"

Felix sah abwartend zwischen den beiden hin und her. Er fixierte seinen Freund. „Soll ich warten oder kommst du jetzt alleine klar?"

„Nein, ist schon okay. Du kannst fahren. Ich kümmere mich."

„Danke Felix, du hast was gut bei mir", rief Isabella ihm nach, worauf er nur die Hand hob und ging.

„Komm rein."

Sie betrat hinter ihm einen warmen, gemütlichen Raum, der Wohnzimmer und Küche in einem zu sein schien. Vielleicht sogar Schlafzimmer, dachte sie, denn auf der alten Klappcouch lag zusammengefaltetes Bettzeug.

„Setz dich." Er wies auf einen Sessel und setzte sich ihr gegenüber. Ruhig und abwartend sah er sie an. Noch immer wollte ihm nicht einleuchten, warum sie gekommen war.

„Ich bin überrascht, dich hier zu sehen. Was ist passiert, dass du nicht zu Hause bei deinen Eltern bist?"

„Du bist passiert!"

„Ich? – Und was ist mit dem Eishockeyspieler? Ich dachte, der wäre dir passiert."

„Falsch. Der ist mir nicht passiert. Den kenne ich schon seit Jahren. Da interpretierst du viel zu viel rein. Da ist nix und da war nix." Sie holte tief Luft und rutschte nach vorne auf die Kante. Dabei sah sie ihm in die Augen.

„Was glaubst du eigentlich, was es mit mir macht, wenn du solche ... *Events* mit mir *zelebrierst,* hm? Glaubst du, das lässt mich völlig kalt?"

„Das überrascht mich. Da hab ich an dem Abend aber nichts von gemerkt." Konstantin verzog keine Miene, ließ sie aber auch nicht aus den Augen.

„Wie denn auch? Du hast mir ja gar keine Möglichkeit gegeben. Ich wäre sehr gerne noch mal mit dir ausgegangen. Aber nur, weil ich an dem einen Abend was vorhatte, hast du gleich dichtgemacht. Simon hatte mich nun mal zuerst darum gebeten, mit ihm etwas zu unternehmen und ich hatte ihm schon zugesagt. Sorry, aber ich hatte ja keine Ahnung, dass man bei dir keine Auswahlmöglichkeit bekommt."

Konstantin, der von der Situation noch immer total überrumpelt war, rang mit Worten und wusste auf die Schnelle nicht, wie er ihr erklären sollte, dass das nicht der wirkliche Grund für seine abweisende Reaktion gewesen war. Fürs Erste besann er sich auf seine gute Kinderstube.

„Magst du was trinken?"

Die kurze Verschnaufpause würde ihm dabei helfen, seine konfusen Gedanken zu ordnen. Er musste erst mal begreifen, dass sie keine Fata Morgana war, sondern dass sie ihm tatsächlich, hier in der Laube seines Vaters, gegenübersaß. „Kaffee, Tee oder lieber etwas Kaltes?"

„Tee wäre nicht schlecht."

„Am besten, du kommst mit rüber zur Kochnische, da kannst du dir selbst etwas aussuchen. Für die Auswahl bin ich allerdings nicht verantwortlich, mein Vater ist hier der Chefeinkäufer."

Die praktische Studentenküche mit Kühlschrank, Herd und Vorratsschrank hatte alles, was man brauchte, um für kurze Zeit abzutauchen, ging es

Isabella durch den Sinn, als sie ihm folgte und sich zu ihm stellte. Sie fühlte sich unsicher, weil er so unnahbar wirkte und überhaupt keine Ambitionen zeigte, ihr näherzukommen. Freute er sich denn gar nicht? Vielleicht war es doch ein Fehler gewesen, herzukommen ...

Die seltsame Stimmung mit der Überschrift *Unsicherheit* stand wie eine Barriere zwischen ihnen.

Konstantin setzte den Wasserkocher in Gang, bevor er mehrere Päckchen Beuteltee aus dem Schrank hervorholte und auf die Arbeitsplatte stellte.

„Schwarz oder Früchte?"

„Früchte."

Er schob die gelb-rote und pink-violette Schachtel einer bekannten Teemarke nebeneinander, sodass die Geschmacksrichtungen gut lesbar waren.

Die Namen der Teesorten veränderte die Stimmung im Raum augenblicklich.

„Du hast die Wahl", raunte er und sah sie durchdringend an, „*kleine Sünde* oder *heiße Liebe*."

„Und wenn ich beides will?" Sie hielt den Blick.

„In einer Tasse?" Seine linke Augenbraue hüpfte nach oben.

„Scheint mir das Idealste zu sein, oder?" Ihre Mundwinkel zuckten.

„Mit oder ohne Verpflichtung?"

Ein knisterndes Schweigen entstand. Isabellas dunkle Augen versanken in seinen blaugrauen.

„Eine Garantie kann ich nicht geben", flüsterte sie und machte einen Schritt auf ihn zu, „nur, dass ich es wirklich will."

„Was willst du wirklich?"

„Dich", hauchte sie.

„Ich kann ziemlich besitzergreifend sein“, gab er zu bedenken und zog sie zu sich heran.

„Dann kennst du mich noch nicht.“ Sie schlang ihm einen Arm um den Hals und schmiegte sich an ihn.

„Ich bin ein Genussmensch ...“, er hauchte ihr zarte Küsse auf den Hals, „... und wenn, dann will ich dich mit Haut und Haaren und lasse dich erst wieder raus, wenn ...“

„*Ich* bin diejenige, die dich rauslässt, das kannst du gar nicht!“, schmunzelte Isabella und küsste ihn auf den Mund.

Der Tee war fürs Erste vergessen.

Konstantin schob sie eilig zum Sofa und zog sie sich auf den Schoß. Nun war es mit seiner Zurückhaltung vorbei. Seine Hände nahmen sich, wonach er sich seit Wochen sehnte. Ungestüm und fordernd. Viel Zeit, sich über sein Temperament zu wundern, bekam Isabella nicht. Während er ihren Mund mit drängenden Küssen versengte und seine Zunge ihre Mundhöhle eroberte, schälte er sie aus der Jacke und schob ihren Pulli etwas nach oben. Dabei hinterließ er eine heiße Spur auf ihrer Haut unterhalb des Pulloverbündchens. Impulsiv drängte sie sich näher an ihn heran und fuhr ihm durch die Haare.

„Ich hab noch nie einen Mann geküsst, der einen Bart hat“, hauchte sie ihm ans Ohr und zeichnete ihm mit den Fingern einen Kreis auf die Wange.

„Soll er ab? Ich hab ihn noch gar nicht so lange ...“

„Nein, bloß nicht. Du gefällst mir mit Bart. Er ist flauschiger als ich dachte. Es kribbelt so schön, wenn du ...“

Zur Veranschaulichung versah er ihren Hals mit vielen gehauchten Küssen, bei denen die weichen

Barthaare sanft an der zarten Haut ihres Halses kitzelten. Die Gefühle, die das in ihr auslöste, waren so neu und überwältigend für sie, so betörend und erregend, dass ihr Körper kompromisslos die Regie übernahm. Alles in ihr sehnte sich danach, sich ihm hinzugeben. Instinktiv presste sie ihr Becken an seine Hüften und seufzte laut auf, als sie spürte, welche Reaktionen ihr Zusammensein bei ihm auslöste. Sie griff nach dem Rand seines Pullis und zog daran, worauf Konstantin die Arme hob und sich bereitwillig von ihr ausziehen ließ. Das kurzärmelige T-Shirt folgte.

Endlich! Genüsslich strich sie über die warme, weiche Haut, die sich über die feste Muskulatur spannte. Ihre Augen versanken in seinen, während sie mit den Fingern den dichten Flaum auf seiner Brust kraulte und anschließend mit zarten Küssen übersäte.

Konstantin ließ sich nur zu gerne von ihr verwöhnen und veränderte seine Position auf der Couch so, dass er zum Liegen kam. Isabella lag nun lang gestreckt auf ihm. Dass ihr Gewicht dabei überdeutlich auf seine pochende Körpermitte drückte, wusste sie genau. Sie erkannte es an seinem leidenschaftlich herausfordernden Blick.

„Da hätte ich drauf wetten können, dass du eine kleine Amazone bist", schmunzelte er und das Graublau seiner Augen wirkte so dunkel, als würde die Nacht hereinbrechen.

„Du bist selbst schuld", grummelte sie zärtlich an seinem Mund. „Wenn du auch solche Sachen mit mir machst ..."

„Dabei haben wir noch nicht mal angefangen. Wart's mal ab, was du sagst, wenn wir fertig sind."

„Dann lass uns doch …“

Isabellas Handy unterbrach die zärtliche Zweisamkeit mit einem markerschütternden Schrillen.

Mit einem lauten Murren löste sie sich widerwillig von Konstantin, strich sich das wirre Haar aus dem Gesicht und nahm das Gespräch an.

„Hi Lena!“

„Entschuldige, aber deine Mutter hat schon das zweite Mal angerufen, Max will auch wissen, ob du heute Abend zum Essen da bist und ich … “

„Ja, schon gut. Das verstehe ich doch.“ Sie räusperte sich, weil ihre Stimme klang, als wäre sie den Berg hinauf gelaufen, vor allem, weil Konstantin sich hinter ihr aufgerichtet hatte und ihr mit den Händen unter den Pulli krabbelte. Sie hielt die Luft an.

„Kann ich dich gleich zurückrufen?“, japste sie. „Ich würde gerne erst mal mit Konstantin darüber reden.“

„Natürlich. Bring ihn doch einfach mit. Wir haben das Haus voll mit Leuten, da kommt es auf eine Person mehr oder weniger auch nicht an“, lachte Lena, „nur, dass du das weißt.“

Isabella legte das Handy zur Seite und kuschelte sich wieder an ihn. Seine Hand lag jetzt auf ihrem nackten Bauch und wanderte weiter nach oben.

„Konstantin! Bitte. Wir müssen reden … und wenn du das machst, kann ich nicht mehr denken. Lena will wissen, was mit heute Abend ist.“

„Na, dann haben wir doch noch ein bisschen Zeit“, raunte er an ihrem Ohr. Eine Hand schob sich unter den BH und umschloss ihre Brust, während sich die andere auf ihren Oberschenkel legte. Mit den Fingerspitzen reizte er ihre Brustwarze und sah mit Genugtuung, wie sich ihre Augen vor Leidenschaft verdunkelten.

„Das ist nicht fair“, wisperte sie und küsste ihn kurz und hart auf den Mund. „Wie soll ich denn da noch bei Verstand bleiben?“

„Das verlangt doch auch gar keiner.“ Seine Stimme allein war die reinste Verführung. „Lass dich fallen, mein Schatz. Ich will jetzt nicht reden. Ich will dich.“

In einem Rutsch hatte er ihr den Pullover über den Kopf gezogen und nestelte an dem Verschluss des BHs.

„Du bist so schön“, flüsterte er, als sie mit nacktem Oberkörper vor ihm saß. „Hatte ich schon erwähnt, dass es eine Massagetechnik gibt, die ich ziemlich gut beherrsche?“

Ihre Augen funkelten, als sie erriet, was er damit meinte, doch zum Antworten kam sie nicht mehr. Ehe sie sich versah, lag sie unter ihm auf der Couch. Seine Hände und Lippen waren mit einem Mal überall. Jeglicher Gedanke an ein Telefonat mit Lena versank im Nebel der Lust, die er in ihr auslöste.

„Oje“, schreckte Isabella plötzlich hoch und seufzte, „ich verhüte ja gar nicht! Hast du was da?“

„Nein, wie auch? Mit so einem Überfall hab ich leider nicht gerechnet“, zwinkerte er ihr zu und drückte sie wieder auf die Couch. „Hör auf zu denken und genieß einfach …“

Er gab ihr keine Gelegenheit mehr, darüber nachzudenken. Auch die restlichen Kleidungsstücke fanden sich auf dem Boden wieder und Konstantin bewies, dass er tatsächlich ein Genussmensch war. Auch ohne dass es bis zum Äußersten kam, schenkten sie sich gegenseitige Erfüllung. Dass ein Mann sich darauf einließ, war eine Erfahrung, die sie so zum ersten Mal machte.

Eingemummelt in die Bettdecke, lagen sie eine Weile still aneinandergekuschelt da.

„Ich kann nicht so einfach wegbleiben", fing Isabella an zu sprechen, „das kann ich nicht bringen. Lena hat gesagt, dass du mitkommen sollst. Willst du?"

„Was für ein Tag", rief Konstantin überrascht, „das ist ja verrückt. Noch etwas, womit ich nicht gerechnet habe. Gib mir einen Moment zum Nachdenken ... oh wow, ich fühle mich gerade wie in einem Karussell und weiß überhaupt nicht mehr, wo oben und unten ist."

„Ist das da drüben das Bad?" Sie zeigte auf eine Tür, die neben der Küchenzeile zu sehen war.

„Ja, Toilette und Dusche."

Er lächelte, als sie sich seinen Pulli überzog und ins Bad huschte. Was für ein Bild. Der verwuschelte dunkle Haarschopf und dann der nackte Po, der unter dem Pullover, der ihr bis zu den Hüften ging, hervorblitzte. Wenn das mal kein Weihnachtsgeschenk war, ging ihm auf und er wusste, dass er ohnehin keine andere Wahl mehr hatte, außer sich mit Haut und Haaren auf sie einzulassen.

Sie kam mit einem glücklichen Grinsen im Gesicht zurück, schlüpfte unter die Decke neben ihn und schmiegte sich wie eine Krake um ihn herum. Dabei seufzte sie glückselig.

„Kuscheln ist doch mindestens genauso schön wie Sex, finde ich. Ich liebe das, wenn ich mich so an dich rankuscheln kann."

„Jederzeit, mein Schatz", küsste er sie und sah sie an. „Ich komme mit. Ist dir das recht?"

„Was für eine Frage!"

Am späten Abend, nach einer schönen Weihnachtsfeier im erweiterten Familienkreis von Isabellas Familie, lagen die beiden frisch Verliebten wieder eng aneinandergekuschelt im Bett. In einem Doppelzimmer, das Lena ihnen großzügigerweise zur Verfügung gestellt hatte, bevor sie sich mit Max augenzwinkernd in ihre Privatwohnung zurückgezogen hatte.

Isabella seufzte herzzerreißend und ließ dabei ihre Hand über Konstantins festen Brustkorb wandern.

„Zu dumm, dass wir auf der Herfahrt nicht daran gedacht haben, an einer Tankstelle anzuhalten."

„Der Tank war doch noch ziemlich voll", stellte sich Konstantin dumm und umfasste ihren Po.

„Ach, du weißt doch genau, warum", murrte sie und biss ihn sanft ins Ohrläppchen.

„Warum denn? Ich weiß gar nicht, was du meinst", tat er unschuldig und zog sie noch näher zu sich heran.

„Ach nein?" Ihre Hand wanderte von seiner Brust nach unten und umfasste ihn so, dass er zischend die Luft einsog.

„Und? Weißt du immer noch nicht, warum ich es schade finde, dass wir nicht an der Tanke angehalten haben?", grinste sie diebisch, als ihre Finger sich aufreizend an ihm zu schaffen machten und er genüsslich die Augen schloss.

„Ich hätte da zwar eine Idee", seufzte er, „aber eigentlich musst du gar nicht traurig sein, weil ich hier nämlich was habe, was dich interessieren könnte."

Seine Hand tastete nach etwas unter dem Kopfkissen. Dann zog er ein Päckchen Kondome hervor und hielt es mit einem frechen Grinsen im Gesicht hoch.

„Und das sagst du mir jetzt erst?" Isabella setzte sich rittlings auf ihn und rief: „Wart's ab, jetzt kannst du aber was erleben …"

Epilog

Sechs Monate später ...

Isabella warf ihre Tasche auf den Küchenstuhl und schlüpfte aus den Schuhen. Aus dem Badezimmer hörte sie das Wasserrauschen und wusste, dass Konstantin schon unter der Dusche stand. Ein Blick auf die Uhr sagte ihr, dass sie sich beeilen musste, wenn sie nicht zu spät am Standesamt ankommen wollten.

Fabienne und Mirko gaben sich heute das Jawort und Konstantin und Isabella waren als Trauzeugen bestellt. Auch wenn das für eine standesamtliche Hochzeit keine Pflicht mehr war – Fabienne wollte Isabella gerne als ihre Trauzeugin haben.

Während sie für sich und für ihn die passende Kleidung aus dem Schrank holte, liefen die letzten Monate vor ihrem inneren Auge ab.

Die Entscheidung, bei Konstantin einzuziehen, war genauso schnell gefallen wie der Entschluss, die Ausbildung zur Physiotherapeutin in Kassel zu absolvieren. Eine Fernbeziehung kam für beide nicht in Frage. Isabella bereute diese Entscheidung keine Sekunde, denn in Konstantin hatte sie so viel mehr gefunden als nur einen Liebespartner. Er war ihr Freund und Berater, ihr Antreiber und Beschützer – einfach alles.

Felix, der, wie er selbst sagte, eine Mitschuld an Konstantins und Isabellas Liebesglück trug, war sehr froh über die Entwicklung seines Freundes. Denn die

"""

Zufriedenheit, die Konstantin seither in sich trug, erleichterte den teilweise sehr stressigen Arbeitsalltag der beiden sehr. Er ruhte wieder so in sich, wie es seinem Naturell entsprach.

Von Simon hörte Isabella nichts mehr. Aus der Presse erfuhr sie, dass er zu einem anderen Verein in Süddeutschland gewechselt hatte.

Ihre Eltern sahen den Weggang ihrer Tochter mit einem lachenden und einem weinenden Auge. Doch mit dem zukünftigen Schwiegersohn in spe waren sie mehr als zufrieden.

Als Isabella eine Stunde später in einem leuchtend roten Kleid mit Tellerrock vor ihm stand, bekam Konstantin feuchte Augen. Die Farbe brachte ihre natürliche Schönheit und die dunklen Haare sehr vorteilhaft zur Geltung. Sie erschien ihm so anmutig, dass er sich mitunter kneifen musste, um glauben zu können, dass sie tatsächlich die seine war.

„Konstantin? Ist alles in Ordnung mit dir?" Isabella sah ihn besorgt an.

„Doch doch, alles okay ..."

„Aber warum hast du denn ...", sie sah ihm betroffen in die Augen, „... ist irgendwas passiert, das du mir noch nicht erzählt hast?"

„Aber nein, es ist nur ...", er schluckte, „... weil ich dich so sehr liebe und weil ich am allerliebsten auch ..."

Kurzerhand schob er sie ins Wohnzimmer, setzte sich auf einen Sessel und zog sie auf seinen Schoß.

„Isabella meine Schöne, ich weiß, das kommt jetzt ein bisschen überraschend, aber ..." Er nahm ihre Hand und streichelte darüber. Dann sah er sie mit einem Blick an, der von ganz weit herkam. „Kannst du dir vorstellen, mich zu heiraten? Ich meine, nicht heute, aber vielleicht demnächst. Ich weiß, wir sind gerade mal ein halbes Jahr zusammen, aber für mich ist es so, als würde ich dich eine Ewigkeit kennen und ich bin mir absolut sicher, dass du die Richtige für mich bist."

Stille.

Isabella schnappte nach Luft, als sie begriff, dass er ihr gerade einen Heiratsantrag gemacht hatte. Ein Strahlen ging über ihr Gesicht und sie musste ihm gar nicht mehr antworten, weil er auch so wusste, dass sie es genauso wollte wie er.

Ende